多想在平庸的生活拥抱你

冯骥才◎等著

哈尔滨出版社
HARBIN PUBLISHING HOUSE

生活不易,一辈子总会有跌跌撞撞的时候,但这本书传达给大家的,不是认清现实后的颓废,而是与平凡的自己和解,积极地拥抱生活。只要内心依然炽热,你就一直在路上。

——同名歌曲原创歌手隔壁老樊

目录 Contents

第一章
生而平凡，不是所有人都需要活得深刻

凡在北国过过冬天的人，总都道围炉煮茗，
吃煊羊肉，剥花生米，饮白干的滋味。
有地炉、暖炕等设备的人家，
不管它门外面是雪深几尺，或风大若雷，
而躲在屋里过活的两三个月的生活，
却是一年之中最有劲的一段蛰居异境。

002　新年醉话 / 老舍

005　广告员的梦想 / 萧红

012　习惯 / 老舍

016　每一棵草都会开花 / 丁立梅

019　在民国卅年元旦写出我自己的希望 / 老舍

021　江南的冬景 / 郁达夫

第二章
人生的路走得跌跌撞撞，但我们必须全力以赴

他却得了绝症，肝癌。因为穷，医院是去不得的。
精气神儿好的时候，他会撑着出来走走。
小区的人，远远望见他，都避开走，生怕他传染了什么。
他苦笑着说："我这病，不传染的。"我们点头说："是的，不传染的。"
他得到安慰似的，长舒一口气，眼睛里，蒙上一层水雾，感激地冲我们笑。

028　书架 / 冯骥才

033　灯蛾埋葬之夜 / 郁达夫

040　种爱 / 丁立梅

043　书塾与学堂 / 郁达夫

049　两个家 / 夏丏尊

054　儿女 / 朱自清

063　小型的复活 / 老舍

第三章
我触摸过一个人孤独的恐惧，可人总要学会独自面对

入校后一个月的光景，同学赠了我一个"怪物"的绰号。
在他们看来，这个不善交际，衣装朴素，话也不大会说的乡下蠢才，
做起文章来，竟能压倒侪辈，当然是一件天大的奇事。
既然成了一个不入伙的孤独的游离分子，我的情感、时间与精力，
只有钻向书本子去的一条出路。零用钱里节省下来的金钱，
就做了我的唯一娱乐积买旧书的源头活水。

070　　我最初的人生思索 / 冯骥才

077　　孤独者 / 郁达夫

083　　再剖 / 徐志摩

089　　北国的微音 / 郁达夫

095　　沉默 / 周作人

098　　马蜂的毒刺 / 郁达夫

102　　论无话可说 / 朱自清

105　　感伤的行旅 / 郁达夫

第四章
我们都在等世上唯一挚爱灵魂

宝贝,现在是九点半,
我想你大概已经睡了,我也想要睡了。
心里怪无聊的,天冷下雨,懒得做事,
只想倚在你肩上听你讲话。
如果不是因为这世界有些古怪,
我巴不得永远和你厮守在一起。

130 宋清如顶不好 / 朱生豪

140 泊兴隆街 / 沈从文

142 恋爱是生命的中心和精华 / 徐志摩

161 醒来觉得甚是爱你 / 朱生豪

167 爱眉 / 徐志摩

172 在桃源 / 沈从文

第五章
你是我生命中无法被轻易替代的存在

我有张小小的书桌。三十年来，一直放在我的窗前，
我过去生活的一切，无论是快乐的，还是忧愁的，都留在桌上了……
我把"人"字总误写成"入"字，就在这桌上吧！
我一排排地晾干弹弓子用的小泥球儿，就在这桌上吧！
我在小木板上钉钉子，把桌子上的玻璃板打碎了，还挨了爸爸一通好打！……

176　书桌 / 冯骥才

186　我与地坛 / 史铁生（节选）

196　敬悼许地山先生 / 老舍

205　猫 / 夏丏尊

214　如果可以这样爱你 / 丁立梅

218　纪念志摩去世四周年 / 林徽因

第六章
与其期待四方,不如珍惜眼前

生病也是生活体验之一种,甚或算得一项别开生面的游历。
发烧了,才知道不发烧的日子多么清爽。
咳嗽了,才体会不咳嗽的嗓子多么安详。
刚坐上轮椅时,我老想,不能直立行走岂非把人的特点搞丢了?
等到又生出褥疮,一连数日只能歪七扭八地躺着,才看见端坐的日子其实多么晴朗。
终于醒悟:其实每时每刻我们都是幸运的,因为任何灾难的前面都可能再加一个"更"字。

228　病隙碎笔 / 史铁生

232　最好的礼物 / 丁立梅

235　中年人的寂寞 / 夏丏尊

238　秋天的怀念 / 史铁生

240　早老者的忏悔 / 夏丏尊

244　夕阳透入书房 / 冯骥才

第一章
生而平凡,不是所有人都需要活得深刻

凡在北国过过冬天的人,总都道围炉煮茗,
吃煊羊肉,剥花生米,饮白干的滋味。
有地炉、暖炕等设备的人家,
不管它门外面是雪深几尺,或风大若雷,
而躲在屋里过活的两三个月的生活,
却是一年之中最有劲的一段蛰居异境。

新年醉话 / 老舍

大新年的,要不喝醉一回,还算得了英雄好汉么?喝醉而去闷睡半日,简直是白糟蹋了那点酒。喝醉必须说醉话,其重要至少等于新年必须喝醉。

醉话比诗话词话官话的价值都大,特别是在新年。比如你恨某人,久想骂他猴崽子一顿。可是平日的生活,以清醒温和为贵,怎好大睁白眼的骂阵一番?到了新年有必须喝醉的机会,不乘此时节把一年的"储蓄骂"都倾泻净尽,等待何时?于是乎骂矣。一骂,心中自然痛快,且觉得颇有英雄气概。因此,来年的事业也许更顺当,更风光;在元旦或大年初二已自诩为英雄,一岁之计在于春也。反之,酒只两盅,菜过五味,欲哭无泪,欲笑无由。只好哼哼唧唧噜哩噜苏,如老母鸡然,则癞狗见了也多咬你两声,岂能成为民族的英雄?

再说,处此文明世界,女扮男装。许多许多男子大汉在家中乾纲不振。欲恢复男权，以求平等，此其时矣。你得喝醉哟，不然哪里敢！既醉，则挑鼻子弄眼，不必提名道姓，而以散文诗冷潮，继以热骂：头发烫得像鸡窝，能孵小鸡么？曲线美，直线美又几个钱一斤？老子的钱是容易挣得？哼！诸如此类，无须管层次清楚与否，但求气势畅利。每当少为停顿，则加一哼，哼出两道白气，这么一来，家中女性，必都惶恐。如不惶恐，则拉过来一个——以老婆最为合适——打上几拳。即使因此而罚跪床前，但床前终少见证，而醉骂则广播四邻，其声势极不相同，威风到底是男子汉的。闹过之后，如有必要，得请她看电影；虽发似鸡窝如故，且未孵出小鸡，究竟得显出不平凡的亲密。即使完全失败，跪在床前也不见原谅，到底酒力热及四肢，不至着凉害病，多跪一会儿正自无损。这自然是附带的利益，不在话下。无论怎说，你总得给女性们一手儿瞧瞧，纵不能一战成功，也给了她们个有力的暗示——你并不是泥人哟。久而久之，只要你努力，至少也使她们明白过来：你有时候也会闹脾气，而跪在床前殊非完全投降的意思。

至若年底搪债，醉话尤为必需。讨债的来了，见面你先喷他一口酒气，他的威风马上得低降好多，然后，他说东，你说西，他说欠债还钱，你唱《四郎探母》。虽曰无赖，但过了酒劲，日后见面，大有话说。此"尖头曼"之所以为"尖头曼"也。

醉话之功，不止于此，要在善于运用。秘诀在这里：酒喝到八成，心中还记得"莫谈国事"，把不该说的留下；可以说的，如骂友人与恫吓女性，则以酒力充分活动想象力，务使自己成为浪漫的英雄。骂到伤心之处，宜紧紧摇头，使眼泪横流，自增杀气。

当是时也，切莫题词寄信，以免留叛逆的痕迹。必欲艺术的发泄酒性，可以在窗纸上或院壁上作画。画完题"醉墨"二字，豪放之情乃万古不朽。

注：《矛盾月刊》新年特大号向我要文章。写小说吧，没工夫；作诗，又不大会。就寄了这么几句，虽然没有半点艺术价值，可是在实际上不无用处。如有仁人君子照方儿吃一剂，而且有效，那我要变成多么有光荣的我哟！

第一章
生而平凡,不是所有人都需要活得深刻

广告员的梦想 / 萧红

有一个朋友到一家电影院去画广告,月薪四十元。画广告留给我一个很深的印象,我一面烧早饭一面看报,又有某个电影院招请广告员被我看到,立刻我动心了:我也可以吧?从前在学校时不也学过画吗?但不知月薪多少。

郎华回来吃饭,我对他说,他很不愿意作这事。他说:

"尽骗人。昨天别的报上登着一段招聘家庭教师的广告,我去接洽,其实去的人太多,招一个人,就要去十个,二十个……"

"去看看怕什么?不成完事。"

"我不去。"

"你不去,我去。"

"你自己去?"

"我自己去!"

第二天早晨,我又留心那块广告,这回更能满足我的欲望。

那文告又改登一次，月薪四十元，明明白白的是四十元。

"看一看去。不然，等着职业，职业会来吗？"我又向他说。

"要去，吃了饭就去，我还有别的事。"这次，他不很坚决了。

走在街上，遇到他一个朋友。

"到哪里去？"

"接洽广告员的事情。"

"就是《国际协报》登的吗？"

"是的。"

"四十元啊！"这四十元他也注意到。

十字街商店高悬的大表还不到十一点钟，十二点才开始接洽。

已经寻找得好疲乏了，已经不耐烦了，代替接洽的那个"商行"才寻到。指明的是石头道街，可是那个"商行"是在石头道街旁的一条顺街尾上，我们的眼睛缭乱起来。走进"商行"去，在一座很大的楼房二层楼上，刚看到一个长方形的亮铜牌钉在过道，还没看到究竟是什么个"商行"，就有人截住我们："什么事？"

"来接洽广告员的！"

"今天星期日，不办公。"

第二天再去的时候,还是有勇气的。是阴天,飞着清雪。那个"商行"的人说:"请到电影院本家去接洽吧。我们这里不替他们接洽了。"

郎华走出来就埋怨我:"这都是你主张,我说他们尽骗人,你不信!"

"怎么又怨我?"我也十分生气。

"不都是想当广告员吗?看你当吧!"

吵起来了。他觉得这是我的过错,我觉得他不应该同我生气。走路时,他在前面总比我快一些,他不愿意和我一起走的样子,好像我对事情没有眼光使他讨厌的样子。冲突就这样越来越大,当时并不去怨恨那个"商行",或是那个电影院,只是他生气我,我生气他,真正的目的却丢开了。两个人吵着架回来。

第三天,我再不去了。我再也不提那事,仍是在火炉板上烘着手。他自己出去,戴着他的飞机帽。

"南岗那个人的武术不教了。"晚上他告诉我。

我知道,就是那个人不学了。

第二天,他仍戴着他的飞机帽走了一天。到夜间,我也并没提起广告员的事。照样,第三天我也并没有提,我已经没有兴致想找那样的职业。可是他自动的,比我更留心,自己到那个电影院去过两次。

"我去过两次,第一回说经理不在,第二回说过几天再来吧。真他妈的！有什么劲，只为着四十元钱，就去给他们耍宝！画的什么广告？什么情火啦，艳史啦，甜蜜啦，真是无耻和肉麻！"

他发的议论我是不回答的。他愤怒起来，好像有人非捉他去作广告员不可。

"你说，我们能干那样无聊的事？去他娘的吧！滚蛋吧！"他竟骂起来，跟着他就骂起自己来："真是混蛋，不知耻的东西，自私的爬虫！"

直到睡觉时，他还没忘掉这件事，他还向我说："你说，我们不是自私的爬虫是什么？只怕自己饿死，去画广告。画得好一点，不怕肉麻，多招来一些看情史的，使人们羡慕富丽，使人们一步一步地爬上去……就是这样，只怕自己饿死，毒害多少人不管，人是自私的东西……若有人每月给二百元，不是什么都干了吗？我们就是不能够推动历史，也不能站在相反的方面努力败坏历史！"他讲的使我也感动了。并且声音不自知地越讲越大，他已经开始更细地分析自己……

"你要小点声啊，房东那屋常常有日本朋友来。"我说。

又是一天，我们在"中央大街"闲荡着，很瘦很高的老秦在他肩上拍了一下。冬天下午三四点钟时已经快要黄昏了，阳光仅仅留在楼顶，渐渐微弱下来，街路完全在晚风中，就是行人道上也有被吹起的霜雪扫着人们的腿。

第一章
生而平凡，不是所有人都需要活得深刻

冬天在行人道上遇见朋友，总是不把手套脱下来就握手的。那人的手套大概很凉吧，我见郎华的赤手握了一下就抽回来。我低下头去，顺便看到老秦的大皮鞋上撒着红绿的小斑点。

"你的鞋上怎么有颜料？"

他说他到电影院去画广告了。他又指给我们电影院就是眼前那个，他说：

"我的事情很忙，四点钟下班，五点钟就要去画广告。你们可以不可以帮我一点忙？"

听了这话，郎华和我都没回答。

"五点钟，我在卖票的地方等你们。你们一进门就能看见我。"老秦走开了。

晚饭吃的烤饼，差不多每张饼都是半生就吃下的，为着忙，也没有到桌子上去吃，就围在炉边吃的。他的脸被火烤得通红。我是站着吃的。看一看新买的小表五点了，所以连汤锅也没有盖起我们就走出了，汤在炉板上蒸着气。

不用说我是连一口汤也没喝，郎华已跑在我的前面。我一面弄好头上的帽子，一面追随他。才要走出大门时，忽然想起火炉旁还堆着一堆木柴，怕着了火，又回去看了一趟。等我再出来的时候，他已跑到街口去了。

他说我："做饭也不晓得快做！磨蹭，你看晚了吧！女人就会磨蹭，女人就能耽误事！"

可笑的内心起着矛盾。这行业不是干不得吗？怎么跑得这样快呢？他抢着跨进电影院的门去。我看他矛盾的样子，好像他的后脑勺也在起着矛盾，我几乎笑出来，跟着他进去了。

不知俄国人还是英国人，总之是大鼻子，站在售票处卖票。问他老秦，他说不知道。问别人又不知道哪个人是电影院的人。等了半个钟头也不见老秦，又只好回家了。

他的学说一到家就生出来，照样生出来："去他娘的吧！那是你愿意去。那不成，那不成啊！人，这自私的东西，多碰几个钉子也对。"

他到别处去了，留我一个人在家。

"你们怎么不去找找？"老秦一边脱着皮帽，一边说。

"还到哪里找去？等了半点钟也看不到你！"

"我们一同走吧。郎华呢？"

"他出去了。"

"那么我们先走吧。你就是帮我忙，每月四十元，你二十，我二十，均分。"

在广告牌前站到十点钟才回来。郎华找我两次也没有找到，所以他正在房中生气。

这一夜，我和他就吵了半夜。他去买酒喝，我也抢着喝了一半，哭了，两个人都哭了。他醉了以后在地板上嚷着说："一看到职业，途径也不管就跑了，有职业，爱人也不要了！"

第一章
生而平凡，不是所有人都需要活得深刻

我是个很坏的女人吗？只为了二十元钱，把爱人气得在地板上滚着！醉酒的心，像有火烧，像有开水在滚，就是哭也不知道为什么要哭，已经推动了理智。他也和我同样。

第二天酒醒，是星期日。他同我去画了一天的广告。我是老秦的副手，他是我的副手。

第三天就没有去，电影院另请了别人。

广告员的梦到底做成了，但到底是碎了。

习惯 / 老舍

不管别位,以我自己说,思想是比习惯容易变动的。每读一本书,听一套议论,甚至看一回电影,都能使我的脑子转一下。脑子的转法像是螺丝钉,虽然是转,却也往前进。所以,每转一回,思想不仅变动,而且多少有点进步。记得小的时候,有一阵子很想当"黄天霸"。每逢四顾无人,便掏出瓦块或碎砖,回头轻喊:看镖!有一天,把醋瓶也这样出了手,几乎挨了顿打。这是听《五女七贞》的结果。及至后来读了托尔斯泰等人的作品,就是看了杨小楼扮演的"黄天霸",也不会再扔醋瓶了。你看,这不仅是思想老在变动,而好歹的还高了一二分呢。

习惯可不能这样。拿吸烟说吧,读什么,看什么,听什么,都吸着烟。图书馆里不准吸烟,干脆就不去。书里告诉我,吸烟有害,于是想戒烟,可是想完了,照样的点上一支。医院里陈列着"烟肺"也看见过,颇觉恐慌,我也是有肺动物啊!这点嗜好都去不掉,连肺也对不起呀,怎能成为英雄呢?!思想很高伟了;乃至吃过饭,高伟的思想又随着蓝烟上了天。有的时候确是坚决,半天儿不动些小白纸卷,而且自号为理智的人——对面是习惯的人。后来也不知怎么一股劲,连吸三支,合着并未吃亏。肺也许又黑了许多,可是心还跳着,大概一时还不至于死,这很足自慰。什么都这样。按说一个自居"摩登"的人,总该常常携着夫人在街上走走了。我也这么想过,可是做不到。大家一看,我就毛咕,"你慢慢走着,咱们家里见吧!"把夫人落在后边,我自己迈开了大步。什么"尖头曼""方头曼"的,不管这一套。虽然这么说,到底觉得差一点,从此再不去双双走街。

明知电影比京戏文明些,明知京戏的锣鼓专会供给头疼,可是嘉宝或红发女郎总胜不过杨小楼去。锣鼓使人头疼的舒服,仿佛是。同样,冰激凌,咖啡,青岛洗海澡,美国橘子,都使我摇头。酸梅汤,香片茶,裕德池,肥城桃,老有种知己的好感。这与提倡国货无关,而是自幼儿养成的习惯。年纪虽然不大,可是我的幼年还赶上了野蛮时代。那时候连皇上都不坐汽车,可想见那是多么野蛮了。

跳舞是多么文明的事呢,我也没份儿。人家印度青年与日本青年,在巴黎或伦敦看见跳舞,都讲究馋得咽唾沫。有一次，在艾丁堡，跳舞场拒绝印度学生进去，有几位差点上了吊。还有一次在海船上举行跳舞会，一个日本青年气得直哭，因为没人招呼他去跳。有人管这种好热闹叫作猴子的摹仿，我倒并不这么想。在我的脑子里，我看这并不成什么问题，跳不能叫印度登时独立，也不能叫日本灭亡。不跳呢，更不会就怎样了不得。可是我不跳。一个人吃饱了没事，独自跳跳，还倒怪好。叫我和位女郎来回的拉扯，无论说什么也来不得。看着就不顺眼，不用说真去跳了。这和吃冰激凌一样，我没有这个胃口。舌头一凉，马上联想到泻肚，其实心里准知道并没危险。

还有吃西餐呢。干净，有一定份量，好消化，这些我全知道。不过吃完西餐要不补充上一碗馄饨两个烧饼，总觉得怪委屈的。吃了带血的牛肉，喝凉水，我一定跑肚。想象的作用。这就没有办法了，想象真会叫肚子山响！

对于朋友，我永远爱交老粗儿。长发的诗人，洋装的女郎，打高尔夫的男性女性，咬言咂字的学者，满跟我没缘。看不惯。老粗儿的言谈举止是咱自幼听惯看惯的。一看见长发诗人，我老是要告诉他先去理发；即使我十二分佩服他的诗才，他那些长发使我堵的慌。家兄永远到"推剃两从便"的地方去"剃"，亮堂堂的很悦目。女子也剪发，在理论上我极同意，可是看着别扭。问我女子该梳什么"头"，我也答不出，我总以为女性应留着头发。我的母亲,我的大姐,不都是世界上最好的女人么?她们都没剪发。

行难知易,有如是者。

每一棵草都会开花 / 丁立梅

去乡下,跟母亲一起到地里去,惊奇地发现,一种叫牛耳朵的草,开了细小的黄花。那些小小的花,羞涩地藏在叶间,不细看,还真看不出。我说,怎么草也开花?母亲笑着扫过一眼来,淡淡说,每一棵草都会开花的。我愣住了,细想,还真是这样。蒲公英开花是众所周知的。它开成白白的绒球球,轻轻一吹,满天飞花。狗尾巴草开的花就像一条狗尾巴,若成片,是再美不过的风景。蒿子开花,是大团大团的……就没见过不开花的草。

曾教过一个学生,很不出众的一个孩子,皮肤黑黑的,还有些耳聋。因不怎么听见声音,他总是竭力张着他的耳朵,微向前伸了头,做出努力倾听的样子。这样的孩子,成绩自然好不了,所有的学科竞赛,譬如物理竞赛、化学竞赛,他都是被忽略的一个。甚至,学期大考时,他的分数也不被计入班级总分。所有人

第一章
生而平凡，不是所有人都需要活得深刻

都把他当残疾，可有，可无。

他的父亲——一个皮肤同样黝黑的中年人，常到学校来看他，站在教室外，他回头看看窗外的父亲，也不出去，只送出一个笑容。那笑容真是灿烂，盛开的野菊花般的，有大把阳光息在里头。我很好奇他绽放出那样的笑，问他，为什么不出去跟父亲说话？他回答我，爸爸知道我很努力的。我轻轻叹一口气，在心里，有些感动，又有些感伤，并不认为他，可以改变自己什么。

学期要结束的时候，学校组织学生手工竞赛，是要到省里夺奖的，这关系到学校的声誉。平素的劳技课都被充公上了语文、数学，学生们的手工水平，实在有限，收上去的作品很令人失望。这时，却爆出冷门，有孩子送去手工泥娃娃一组，十个。每个泥娃娃都各具情态，或嬉笑，或遐想。活泼、纯真、美好，让人惊叹。作品报上省里去，顺利夺得特等奖。全省的特等奖，只设了一名，其轰动效应，可想而知。

学校开大会表彰这个做出泥娃娃的孩子。热烈的掌声中，走上台的竟是黑黑的他——那个耳聋的孩子。或许是第一次站到这样的台上，他神情很是局促不安，只是低了头，羞涩地笑。让他谈获奖体会，他嗫嚅半天，说，我想，只要我努力，我总会做成一件事的。刹那间，台下一片静，静得阳光掉落的声音，都能听得见。

从此面对学生，我再不敢轻易看轻他们中任何一个。他们就如同乡间的那些草，每棵草都有每棵草的花期，哪怕是最不起眼的牛耳朵，也会把黄的花，藏在叶间，开得细小而执着。

在民国卅年元旦写出我自己的希望 / 老舍

一 关于写作者

（一）把长诗《剑北篇》写完。此篇已成二十八段，希望再写十二段，凑成四十段，于今年四月里全稿可以付印。

（二）试写歌剧，拟请茅盾先生设计，由我去试写，合撰一小型的歌剧。能否成功，完全没有把握。

（三）至少再写一本话剧：在绥西的友人嘱写话剧，以汉回蒙合作抗战为题。对蒙胞生活知道的不很多，须先去打听，并须搜集绥西抗战资料。

（四）也许写一两篇小说：这须看有无时间与材料。

二 关于行旅者

（一）须到成都去几天，希望在春间能办到。

（二）假若可能，愿再到北方去两三个月，搜取写作资料。

三　关于金钱者

（一）希望得节约储蓄券头奖，二十万元。以十万开一书店，以十万和朋友们花掉。

（二）若不能得二十万，则希望友人中有得之者，向他借用一些。

四　关于身体者

（一）希望比以前更强健，更能吃苦，且能饲鸡下蛋，以便每天有蛋吃，多些滋养。

（二）希望不打摆子，拟使蚊虫的嘴变为注射药针，叮在身上，不但不打摆子，且能消灭一切疾病。

（三）希望能打赤脚走路：坐车太贵，走路则省车资而又费鞋袜，鞋袜亦贵物也，故应练习赤脚行路，百无禁忌。

五　关于设置者

（一）巨大的烟碟：去岁买了一个汤盆当烟碟，而蓬子先生仍然看不见它，还把烟灰弹在地板上；今拟用洋灰筑池于屋中，或引起他的注意！

（二）添买被子：何容先生或别位先生来城访我，往往住下。一盖褥，一盖被，二人皆冷，而面子问题所在，在颤抖中互道不冷，似须矫正；添被子为最合理。

（三）购保险柜：为省花钱，接到信函，即将信封反糊再用。但糊好即被老鼠咬坏，极为伤心，故须有保险柜藏护之。

第一章
生而平凡,不是所有人都需要活得深刻

江南的冬景 / 郁达夫

凡在北国过过冬天的人,总都道围炉煮茗,或吃煊羊肉,剥花生米,饮白干的滋味。而有地炉、暖炕等设备的人家,不管它门外面是雪深几尺,或风大若雷,而躲在屋里过活的两三个月的生活,却是一年之中最有劲的一段蛰居异境。老年人不必说,就是顶喜欢活动的小孩子们,总也是个个在怀恋的,因为当这中间,有的是萝卜、鸭梨等闲食,还有大年夜、正月初一、元宵等热闹的节期。

但在江南,可又不同;冬至过后,大江以南的树叶,也不至于脱尽。寒风——西北风——间或吹来,至多也不过冷了一日两日。到得灰云扫尽,落叶满街,晨霜白得象黑女脸上的脂粉似的。清早,太阳一上屋檐,鸟雀便又在吱叫,泥地里便又放出水蒸气来,老翁小孩就又可以上门前的隙地里去坐着曝背谈天,营屋外的生涯了;这一种江南的冬景,岂不也可爱得很么?

我生长江南，儿时所受的江南冬日的印象，铭刻特深；虽则渐入中年，又爱上了晚秋，以为秋天正是读读书，写写字的人的最惠节季，但对于江南的冬景，总觉得是可以抵得过北方夏夜的一种特殊情调，说得摩登些，便是一种明朗的情调。

我也曾到过闽粤，在那里过冬天，和暖原极和暖，有时候到了阴历的年边，说不定还不得不拿出纱衫来着；走过野人的篱落，更还看得见许多杂七杂八的秋花！一番阵雨雷鸣过后，凉冷一点；至多也只好换上一件夹衣，在闽粤之间，皮袍棉袄是绝对用不着的；这一种极南的气候异状，并不是我所说的江南的冬景，只能叫它作南国的长春，是春或秋的延长。

江南的地质丰腴而润泽，所以含得住热气，养得住植物：因而长江一带，芦花可以到冬至而不败，红叶也有时候会保持得三个月以上的生命。象钱塘江两岸的乌桕树，则红叶落后，还有雪白的桕子着在枝头，一点一丛，用照相机照将出来，可以乱梅花之真。草色顶多成了赭色，根边总带点绿意，非但野火烧不尽，就是寒风也吹不倒的。若遇到风和日暖的午后，你一个人肯上冬郊去走走，则青天碧落之下，你不但感不到岁时的肃杀，并且还可以饱觉着一种莫名其妙的含蓄在那里的生气。"若是冬天来了，春天也总马上会来"的诗人的名句，只有在江南的山野里，最容易体会得出。

说起了寒郊的散步，实在是江南的冬日，所给与江南居住者的一种特异的恩惠；在北方的冰天雪地里生长的人，是终他的一生，也决不会有享受这一种清福的机会的。我不知道德国的冬天，比起我们江浙来如何，但从许多作家的喜欢以Spaziergang一字来做他们的创造题目的一点看来，大约是德国南部地方，四季的变迁，总也和我们的江南差仿不多。譬如说十九世纪的那位乡土诗人洛在格（Peter Rosegger, 1843—1918）罢，他用这一个"散步"做题目的文章尤其写得多，而所写的情形，却又是大半可以拿到中国江浙的山区地方来适用的。

　　江南河港交流，且又地滨大海，湖沼特多，故空气里时含水分；到得冬天，不时也会下着微雨，而这微雨寒村里的冬霖景象，又是一种说不出的悠闲境界。你试想想，秋收过后，河流边三五家人家会聚在一道的一个小村子里，门对长桥，窗临远阜，这中间又多是树枝杈桠的杂木树林；在这一幅冬日农村的图上，再洒上一层细得同粉也似的白雨，加上一层淡得几不成墨的背景，你说还够不够悠闲？若再要点景致进去，则门前可以泊一只乌篷小船，茅屋里可以添几个喧哗的酒客，天垂暮了，还可以加一味红黄，在茅屋窗中画上一圈暗示着灯光的月晕。人到了这一个境界，自然会得胸襟洒脱起来。终至于得失俱亡，死生不问了；我们总该还记得唐朝那位诗人作的"暮雨潇潇江上村"的一首绝句罢？诗人到此，连对绿林豪客都客气起来了，这不是江南冬景的迷人又是什么？

一提到雨,也就必然的要想到雪:"晚来天欲雪,能饮一杯无?"自然是江南日暮的雪景。"寒沙梅影路,微雪酒香村",则雪月梅的冬宵三友,会合在一道,在调戏酒姑娘了。"柴门闻犬吠,风雪夜归人",是江南雪夜,更深人静后的景况。"前村深雪里,昨夜一枝开",又到了第二天的早晨,和狗一样喜欢弄雪的村童来报告村景了。诗人的诗句,也许不尽是在江南所写,而做这几句诗的诗人,也许不尽是江南人,但假了这几句诗来描写江南的雪景,岂不直截了当,比我这一枝愚劣的笔所写的散文更美丽得多?

有几年,在江南,也许会没有雨没有雪的过一个冬,到了春间阴历的正月底或二月初再冷一冷下一点春雪的;去年(一九三四)的冬天是如此,今年的冬天恐怕也不得不然,以节气推算起来,大约太冷的日子,将在一九三六年的二月尽头,最多也总不过是七八天的样子。象这样的冬天,乡下人叫作旱冬,对于麦的收成或者好些,但是人口却要受到损伤;旱得久了,白喉、流行性感冒等疾病自然容易上身,可是想恣意享受江南的冬景的人,在这一种冬天,倒只会得到快活一点,因为晴和的日子多了,上郊外去闲步逍遥的机会自然也多;日本人叫作Hiking,德国人叫作Spaziergang狂者,所最欢迎的也就是这样的冬天。

窗外的天气晴朗得象晚秋一样;晴空的高爽,日光的洋溢,

第一章
生而平凡,不是所有人都需要活得深刻

引诱得使你在房间里坐不住。空言不如实践,这一种无聊的杂文,我也不再想写下去了,还是拿起手杖,搁下纸笔,上湖上散散步罢!

第二章
人生的路走得跌跌撞撞,但我们必须全力以赴

他却得了绝症,肝癌。因为穷,医院是去不得的。

精气神儿好的时候,他会撑着出来走走。

小区的人,远远望见他,都避开走,生怕他传染了什么。

他苦笑着说:"我这病,不传染的。"我们点头说:"是的,不传染的。"

他得到安慰似的,长舒一口气,眼睛里,蒙上一层水雾,感激地冲我们笑。

书架 / 冯骥才

大凡人们都是先有书，后有书架的：书多了，无处搁放，才造一个架子。我则不然。我仅有十多本书时，就有一个挺大、挺威风、挺华美的书架了。它原先就在走廊贴着墙放着，和人一般高，红木制的，上边有细致的刻花，四条腿裹着厚厚的铜箍。我只知是家里的东西，却不知原先是谁用的，而且玻璃拉门一扇也没有了，架上也没有一本书，里边一层层堆的都是杂七杂八什么破布呀、旧竹篮呀、废铁罐呀、空瓶子呀等等，简直就是个杂货架子了。日久天长，还给尘土浓浓地涂了一层灰颜色，谁见了它都躲开走，怕沾脏了衣服，我从来也没想到它会与我有什么关系。只是年年入秋，我把那些大大小小的蟋蟀罐儿一排排摆在上边，起先放在最下边一层，随着身子长高而渐渐一层层向上移。

至于拿它当书架用，倒有一个特别的起因。

那是十一岁时，我到一个同学家里去玩儿，见到这同学的爷爷，一位皓首霜须、精神矍铄、性情豁朗的长者。他的房间里四壁都是书架，几乎瞧不见一块咫尺大小的空墙壁。书架上整整齐齐排满书籍。我感到这房间又神秘又宁静，而且莫测高深。这老爷爷一边轻轻捋着老山羊那样一缕梢头翘起的胡须，一边笑嘻嘻地和我说话，不知为什么，我这张平日挺能说话的嘴巴始终紧紧闭着，不敢轻易地张开。是不是在这位拥有万卷书的博知的长者面前，任何人都会自觉轻浅，不敢轻易开口呢？我可弄不清自己那冥顽混沌的少年时代的心理和想法，反正我回家后，就把走廊那大书架硬拖到我房间里，擦抹得干干净净，放在小屋最显眼的地方，然后把自己的宝贝书也都一本紧挨着一本立在上边。瞧，《敏豪生奇遇记》啦、《金银岛》啦、《说唐》啦、《祖母的故事》啦、《铁木儿和他的伙伴》啦……一时我觉得自己有点像同学家那老爷爷了，心里有种说不出的快感。遗憾的是，这些书总共不过十多本，放在书架上，显得可怜巴巴，好比在一个大院子里只栽上几棵花，看上去又穷酸又空洞。我就到爷爷、妈妈、姐姐妹妹的房间里去搜罗，凡是书籍，不论什么内容，一把拿来放在我的书架上，惹得他们找不到就来和我吵闹。我呢，就像小人国的仆役，急于要塞饱格列佛的大肚囊那样，整天费尽心思和力气到处找书。大概最初我就是为了填满这大书架才去书店、遛书摊、逛书市的。我没有更多的钱，就把乘车、看电影和买冰棒的钱都省下来买了书。

到底从什么时候开始，我不再为了充实书架而买书，记不得了。我有过一种感觉：当许许多多好书挤满在书架上，书架就变得次要、不起色，甚至没什么意义了。我渐渐觉得还有一个硕大无比、永远也装不满的书架，那就是我自己。

此后，我就忙于填满自己这个"大书架"了。

书是无穷无尽的，它像世界一样广阔无际和丰富多彩，甚至比现实世界还宽广，还迷人。一本本书就像一个个潮头，一页页书就像一片片浪花，书上的字便是一颗颗晶莹的水珠。它们汇成了海洋吗？那么你最多只是站立滩头的弄潮儿而已。大洋深处，有谁到过？有人买书，总偏于某一类。我却不然。两本内容完全是两个领域的书，看起来毫无关系，就像各自在太平洋和大西洋的两滴水珠，没有任何关联一样，但不知哪一天，出于一种什么机缘和需要，它俩也会倏地融成一滴。

这样，我的书就杂了。还有些绝版的、旧版的书，参差地竖立在书架上，它们带着不同时代的不同风韵气息，这一架子书所给我的精神享受是无穷无尽的。

一九六六年，正是我那书架的顶板上也堆满书籍时，却给骤然疾来的"红色狂飙"一扫而空。这大概也叫作"物极必反"吧！我被狂热无知的"小将"们逼着把书抱到当院，点火烧掉。那时，我居然还发明了一种焚烧精装书的办法。精装本是硬纸皮，平放烧不着，我就把书一本本立起来，扇状地打开，让一页页纸中间有空气，这样很快就烧去书心，剩下一排排熏黑的硬书皮立在地上。我这一项发明获得监视我烧书的"小将"的好感，免了一些戴纸帽、挨打和往脸上涂墨水的刑罚。

书架空了，没什么用了，我又把它搬回到走廊上，放盐罐、油瓶、碗筷和小锅。它变得油腻、污黑、肮脏，重新过起我少年时代之前那种被遗弃一旁的空虚荒废的生活。

有时，我的目光碰到这改作碗架的书架，心儿陡然会感到一阵酸楚与空茫。这感觉，只有那种思念起永别的亲人与挚友的心情才能相比。痛苦在我心里渐渐铸成一个决心：反正今后再不买书了。

生活真能戏弄人，有时好像成心和人较劲，它能改变你的命运，更不会把你的什么"决心"当作一回事。

最近几年，无数崭新的书出现在书店里。每当我站在这些书前，那些再版书就像久别的老朋友向我打招呼，新版书却像一个个新遇见的富于魅力的朋友朝我微笑点首。我竟忍不住取在手中，当手指肚轻轻抚过那光洁的纸面时，另一只手已经不知不觉地伸进口袋，掏出本来打算买袜子、买香烟、买橘子的钱来……

沾上对书的嗜好就甭想改掉。顺从这高贵而美好的嗜好吧！我想。

如今我那书架又用碱水擦净，铺上白纸，摆满油墨芳香四溢的新书，亭亭地立在我的房间里。

我爱这一架新书，但我依旧怀念那一架旧书。世界上丢失的东西，有些可以寻找回来，有些却无有觅处。但被破坏了的好的事物总要重新开始，就像我这书架……

灯蛾埋葬之夜 / 郁达夫

神经衰弱症,大约是因无聊的闲日子过了太多而起的。

对于"生"的厌倦,确是促生这时髦病的一个病根;或者反过来说,如同发烧过后的人在嘴里所感味到的一种空淡,对人生的这一种空淡之感,就是神经衰弱的一种征候,也是一样。

总之,入夏以来,这症状似乎一天在比一天加重,迁居之后,这病症当然也和我一道地搬了家。

虽然是说不上什么转地疗养,但新搬的这一间小屋,真也有一点田园的野趣。节季是交秋了,往后的这小屋的附近,这文明和蛮荒接界的区间,该是最有声色的时候了。声是秋声,色当然也是秋色。

先让我来说所以要搬到这里来的原委。

不晓在什么时候,被印上了"该隐的印号"之后,平时进出的社会里绝迹不敢去了。当然社会是有许多层的,但那"印号"

的解释，似乎也有许多样。

最重要的解释，第一自然是叛逆，在做官是"一切"的国里，这"印号"的政治解释，本尽可以包括了其他种种。但是也不尽然，最喜欢含糊的人类，有必要的时候，也最喜欢分清。

于是第二个解释来了，似乎是关于"时代"的，曰"落伍"。天南北的两极，只教用得着，也不妨同时并用，这便是现代人的智慧。

来往于两极之间，新旧人同样的可以举用的，是第三个解释，就是所谓"悖德"。

但是向额上摩摸一下，这"该隐的印号"，原也摩摸不出，更不必说这种种的解释。或者行窃的人自己在心虚，自以为是犯了大罪，因而起这一种叫做被迫的 Complex，也说不定。天下太平，本来是无事的，神经衰弱病者可总免不了自扰。所以断绝交游，抛撇亲串，和地狱底里的精灵一样，不敢现身露迹，只在一阵阴风里独来独往的这种行径，依小德谟克利多斯 Robert Burton 的分析，或者也许是忧郁病的最正确的症候。

因为背上负着的是这么一个十字架，所以一年之内，只学着行云，只学着流水，搬来搬去的尽在搬动。暮春三月底，偶尔在火车窗里，看见了些浅水平桥，垂杨古树，和几群飞不尽的乌鸦，忽然想起的，是这一个也不是城市，也不是乡村的界线地方。租定这间小屋，将几本丛残的旧籍迁移过来的，怕是在五月的初头。而现在却早又是初秋了。时间的飞逝，实在是快得很，真快得很。

　　小屋的前面左右，除一条斜穿东西的大道之外，全是些斑驳的空地。一垄一垄的褐色土垄上，种着些秋茄豇豆之类，现在是一棵一棵的棉花也在半吐白蕊的时节了。而最好看的，要推向上包紧，颜色是白里带青，外面有一层毛茸似的白雾，菜茎柄上，也时时呈着紫色的一种外国人叫作Lettuce（英语，意为"莴苣"）的大叶卷心菜；大约是因为地近上海的缘故吧，纯粹的中国田园，也被外国人的嗜好所侵入了。这一种菜，我来的时候，原是很多的，现在却逐渐逐渐的少了下去。在这些空地中间，如突然想起似的，卑卑立着，散点在那里的，是一间两间的农夫的小屋，形状奇古的几株老柳榆槐，和看了令人不快的许多不落葬的棺材。此外同沟渠似的小河也有，以棺材旧板作成的桥梁也有；忽然一块小方地的中间，种着些颜色鲜艳的草花之类的卖花者的园地也有；简说一句，这里附近的地面，大约可以以江浙平地区中的田园百科大辞典来命名；而在这百科大辞典中，异乎寻常，以一张厚纸，来用淡墨铜版画印成的，要算在我们屋后矗立着的那块本来是由外国人经营的庞大的墓地。

　　这墓地的历史，我也不大明白，但以从门口起一直排着，直到中心的礼拜堂屋后为止的那两排齐云的洋梧桐树看来，少算算大约也总已有了六十几岁的年纪。

听土著的农人说来,这仿佛是上海开港以来,外国人最先经营的墓地,现在是已经无人来过问了,而在三四十年前头,却也是洋冬至外国清明及礼拜日的沪上洋人的散步之所哩。因为此地离上海,火车不过三四十分钟,来往是极便的。

小屋的租金,每月八元。以这地段说起来,似乎略嫌贵些,但因这样的闲房出租的并不多,而屋前屋后,隙地也有几弓,可以由租户去莳花种菜,所以比较起来,也觉得是在理的价格。尤其是包围在屋的四周的寂静,同在坟墓里似的寂静,是在洋场近处,无论出多少金钱也难买到的。

初搬过来的时候,只同久病初愈的患者一样,日日但伸展了四肢,躺在藤椅子上,书也懒得读,报也不愿看,除腹中饥饿的时候,稍微吸取一点简单的食物而外,破这平平的一日间的单调的,是向晚去田塍野路上行试的一回漫步。在这将落未落的残阳夕照之中,在那些青枝落叶的野菜畦边,一个人背手走着,枯寂的脑里,有时却会汹涌起许多前后不接的断想来。头上的天色老是青青的,身边的暮色也老是沉沉的。

但在这些前后没有脉络的断想的中间,有时候也忽然大小脑会完全停止工作。呆呆地立在野田里,同一根枯树似的呆呆直立在那里之后,会什么思想,什么感觉都忘掉,身子也不能动了,血液也仿佛是凝住不流似的;全身就如成了"所多马"城里的盐柱;不消说脑子是完全变作了无波纹无血管的一张扁平的白纸。

漫步回来，有时候也进一点晚餐，有时候简直茶也不喝一口，就爬进床去躺着。室内的设备简陋到了万分，电灯电扇等文明的器具是没有的。月明之夜，睡到夜半醒来的时候，床前的小泥窗口，若晒进了月亮的青练的光儿，那这一夜的睡眠，就不能继续下去了。

不单是有月亮的晚上，就是平常的睡眠，也极容易惊醒。眼睛微微的开着，鼾声是没有的，虽则睡在那里，但感觉却又不完全失去，暗室里的一声一响，虫鼠等的脚步声，以及屋外树上的夜鸟鸣声，都一一会闯进到耳朵里来。若在日里陷入于这一种假睡的时候，则一边睡着，一边周围的行动事物，都会很明细的触进入意识的中间。若周围保住了绝对的安静，什么声响，什么行动都没有的时候，那在这假寐的一刻中，十几年间的事情，就会很明细的，很快的，在一瞬间展开来。至于乱梦，那是更多了，多得连叙也叙述不清。

我自己也知道是染了神经衰弱症了。这原是七八年来到了夏季必发的老病。

于是就更想静养，更想懒散过去。

今年的夏季，实在并没有什么大热的天气，尤其是在我这一个离群的野寓里。

有一天晚上，天气特别的闷，晚餐后上床去躺了一忽，终觉得睡不着，就又起来，打开了窗户，和她两人坐在天井里候凉。

两人本来是没有什么话好谈，所以只是昂着头在看天上的飞云，和云堆里时时露现出来的一颗两颗的星宿。

一边慢摇着蒲扇，一边这样的默坐在那里，不晓得坐了多久了，室里桌上的一枝洋烛，忽而灭了它的芯光。

两人既不愿意动弹，也不愿意看见什么，所以灯光的有无，也毫没有关系，仍旧是默默地坐在黑暗里摇动扇子。

又坐了好久好久，天末似起了凉风，窗帘也动了，天上的云层，飞舞得特别的快。

打算去睡了，就问了一声：

"现在不晓得是什么时候了？"

她立了起来，慢慢走进了室内，走入里边房里去拿火柴去了。

停了一会，我在黑暗里看见了一丝火光和映在这火光周围的一团黑影，及黑影底下的半面她的苍白的脸。

第一枝火柴灭了，第二枝也灭了，直到了第三枝才点旺了洋烛。

洋烛点旺之后，她急急地走了出来，手里却拿着了那个大表，轻轻地说：

"不晓是什么时候了，表上还只有六点多钟呢？"

接过表来，拿近耳边去一听，什么声响也没有。我连这表是在几日前头开过的记忆也想不起来了。

"表停了！"

轻轻地回答了一声，我也消失了睡意，想再在凉风里坐它一刻。但她又继续着说：

"灯盘上有一只很美的灯蛾死在那里。"

跑进去一看，果然有一只身子淡红，翅翼绿色，比蝴蝶小一点，但全身却肥硕得很的灯蛾横躺在那里。右翅上有一处焦影，触须是烧断了。默看了一分钟，用手指轻轻拨了它几拨，我双目仍旧盯视住这扑灯蛾的美丽的尸身，嘴里却不能自禁地说：

"可怜得很！我们把它去向天井里埋葬了罢！"

点了灯笼，用银针向黑泥松处掘了一个圆穴，把这美丽的尸身埋葬完时，天风加紧了起来，似乎要下大雨的样子。

拴上门户，上床躺下之后，一阵风来，接着如乱石似的雨点，便打上了屋檐。

一面听着雨声，一面我自语似的对她说：

"霞！明天是该凉快了，我想到上海去看病去。"

种爱 / 丁立梅

认识陈家老四，缘于我婆婆。

婆婆来我家小住，不过才两天，她就跟小区的人，很熟了。我下班回家，陈家老四正站在我家院门口，跟婆婆热络地说着话。看到我，他腼腆地笑笑说，下班啦？我礼貌地点点头说，是啊。他看上去，年龄不比我小。

他走后，我问婆婆，这是谁啊？婆婆说，陈家老四啊。

陈家老四是家里最小的孩子，父亲过世早，上有两个哥哥，一个姐姐，都已另立门户。他们与他感情一般，与母亲感情也一般，平常不怎么往来。只他和寡母，守着祖上传下的三间平房度日。

陈家老四没正式工作，蹬着辆破三轮，上街帮人拉货。婆婆怕跑菜市场，有时会托他带一点蔬菜回来。他每次都会准时送过来，看得出，那些蔬菜，已被他重新打理过，整整齐齐干干净净的。婆婆削个水果给他吃,他推托一会儿,接下水果,憨憨地笑。路上再遇到我,他没头没脑说一句,你婆婆是个好人。

陈家老四却得了绝症,肝癌。因为穷,医院是去不得的,只在家里吃点药。精气神儿好的时候,他会撑着出来走走,身旁跟着他的白发老母亲。小区的人,远远望见他,都避开走,生怕他传染了什么。他坐在我家的小院子里,苦笑着说:"我这病,不传染的。"我们点头说:"是的,不传染的。"他得到安慰似的,长舒一口气,眼睛里,蒙上一层水雾,感激地冲我们笑。

一天,他跑来跟我婆婆说:"阿姨,我怕是快死了,我的肝上积了很多水。"

我婆婆说:"别瞎说,你还小呢,有得活呢。"

他笑了,说:"阿姨,你别骗我,我知道我活不长的,只是扔下我妈一个人,不知她以后怎么过。"

我们都有些黯然,春天的气息,正在蓬勃。空气中,满布着新生命的香,叶在长,花在开,而他,却像秋天树上挂着的一枚叶,一阵风来,眼看着它就要坠下来,坠下来。

我去上班,他在半路上拦下我,那个时候,他已瘦得不成样,脸色蜡黄蜡黄,他腼腆地冲我笑:"老师,你可以帮我一个忙么?"我说:"当然可以。"他听了很高兴,说他想在小院子里种些花。"你能帮我找些花的种子么?"他用期盼的眼神看着我,见我狐疑地盯着他,他补充道:"在家闲着也无聊,想找点事做。"

我跑了一些花店,找到许多花的种子带回来,太阳花、凤仙花、虞美人、喇叭花、一串红……他小心地伸手托着,像对待小小的婴儿,眼睛里,有欢喜在荡漾。

这以后,难得见到他。婆婆说:"陈家老四中了邪了,筷子都拿不动的人,却偏要在院子里种花,天天在院子里折腾,谁劝也不听。"

我笑笑,我的眼前,浮现出他捧着花种子的样子,真希望他能像那些花儿一样,生命有个重新开始的机会。

一晃,春天要过去了,某天,大清早的,买菜回来的婆婆突然说:"陈家老四死了。"

像空谷里一声绝响,让人怅然。我买了花圈送去,第一次踏进他家小院,以为定是灰暗与冷清的,却不,一院子的姹紫嫣红迎接了我。那些花,开得热情奔放,仿佛落了一院子的小粉蝶。他白发的老母亲,站在花旁,拉着我的手,含泪带笑地说:"这些,都是我家老四种的。"

我一时感动无言,不觉悲哀,只觉美好。原来,生命完全可以以另一种方式,重新存活的,就像他种的一院子的花。而他白发的老母亲,有了花的陪伴,日子亦不会太凄凉。

第二章
人生的路走得跌跌撞撞，但我们必须全力以赴

书塾与学堂 / 郁达夫

从前我们学英文的时候，中国自己还没有教科书，用的是一册英国人编了预备给印度人读的同纳氏文法是一路的读本。这读本里，有一篇说中国人读书的故事。插画中画着一位年老背曲拿烟管带眼镜拖辫子的老先生坐在那里听学生背书，立在这先生前面背书的，也是一位拖着长辫的小后生。不晓为什么原因，这一课的故事，对我印象特别的深，到现在我还约略谙诵得出来。里面曾说到中国人读书的奇习，说："他们无论读书背书时，总要把身体东摇西扫，摇动得像一个自鸣钟的摆。"这一种读书背书时摇摆身体的作用与快乐，大约是没有在从前的中国书塾里读过书的人所永不能了解的。

我的初上书塾去念书的年龄，却说不清理了，大约总在七八岁的样子；只记得有一年冬天的深夜，在烧年纸的时候，我已经有点朦胧想睡了，尽在擦眼睛，打呵欠，忽而门外来了一位提着

灯笼的老先生，说是来替我开笔的。我跟着他上了香，对孔子的神位行了三跪九叩之礼；立起来就在香案前面的一张桌上写了一张上大人的红字，念了四句"人之初，性本善"的《三字经》。第二年的春天，我就夹着绿布书包，拖着红丝小辫，摇摆着身体，成了那册英文读本里的小学生的样子了。

经过了三十余年的岁月，把当时的苦痛，一层层地摩擦干净，现在回想起来，这书塾里的生活，实在是快活得很。因为要早晨坐起一直坐到晚的缘故，可以助消化，健身体的运动，自然只有身体的死劲摇摆与放大喉咙的高叫了。大小便，是学生们监禁中暂时的解放，故而厕所就变作了乐园。我们同学中间的一位最淘气的，是学官陈老师的儿子，名叫陈方；书塾就系附设在学宫里面的。陈方每天早晨，总要大小便十二三次。后来弄得先生没法，就设下了一枝令签，凡须出塾上厕所的人，一定要持签而出；于是两人同去，在厕所里捣鬼的弊端革去了，但这令签的争夺，又成了一般学生们的唯一的娱乐。

陈方比我大四岁，是书塾里的头脑；像春香闹学似的把戏，总是由他发起，由许多虾兵蟹将来演出的，因而先生的挞伐，也以落在他一个人的头上者居多。不过同学中间的有几位狡滑的人，委过于他，使他冤枉被打的事情也着实不少；他明知道辩不清的，每次替人受过之后，总只张大了两眼，滴落几滴大泪点，摸摸头上的痛处就了事。我后来进了当时由书院改建的新式的学堂，而陈方也因他父亲的去职而他迁，一直到现在，还不曾和他有第二次见面的机会；这机会大约是永也不会再来了，因为国共分家的当日，在香港仿佛曾听见人说起过他，说他的那一种惨死的样子，简直和杜格纳夫所描写的卢亭，完全是一样。

由书塾而到学堂！这一个转变，在当时的我的心里，比从天上飞到地上，还要来得大而且奇。其中的最奇之处，是我一个人，在全校的学生当中，身体年龄，都属最小的一点。

当时的学堂，是一般人的崇拜和惊异的目标。将书院的旧考棚撤去了几排，一间象鸟笼似的中国式洋房造成功的时候，甚至离城有五六十里路远的乡下人，都成群结队，带了饭包雨伞，走进城来挤看新鲜。在校舍改造成功的半年之中，"洋学堂"的三个字，成了茶店酒馆，乡村城市里的谈话的中心；而穿着奇形怪状的黑斜纹布制服的学堂生，似乎都是万能的张天师，人家也在侧目面视，自家也在暗鸣得意。

一县里唯一的这县立高等小学堂的堂长，更是了不得的一位大人物，进进出出，用的是蓝呢小轿；知县请客，总少不了他。每月第四个礼拜六下午作文课的时候，县官若来监课，学生们特别有两个肉馒头好吃；有些住在离城十余里的乡下的学生，于文课作完后回家的包裹里，往往将这两个肉馒头包得好好，带回乡下去送给邻里尊长，并非想学颖考叔的纯孝，却因为这肉馒头是学堂里的东西，而又出于知县官之所赐，吃了是可以驱邪启智的。

实际上我的那一班学堂里的同学,确有几位是进过学的秀才,年龄都在三十左右;他们穿起制服来,因为背形微驼,样子有点不大雅观,但穿了袍子马褂,摇摇摆摆走回乡下去的态度,如另有着一种堂皇严肃的威仪。

初进县立高等小学堂的那一年年底,因为我的平均成绩,超出了八十分以上,突然受了堂长和知县的提拔,令我和四位其他的同学跳过了一班,升入了高两年的级里;这一件极平常的事情,在县城里居然也耸动了视听,而在我们的家庭里,却引起了一场很不小的风波。

是第二年春天开学的时候了,我们的那位寡母,辛辛苦苦,调集了几块大洋的学费书籍费缴进学堂去后,我向她又提出了一个无理的要求,硬要她去为我买一双皮鞋来穿。在当时的我的无邪的眼里,觉得在制服下穿上一双皮鞋,挺胸伸脚,得得得得地在石板路大走去,就是世界上最光荣的事情;跳过了一班,升进了一级的我,非要如此打扮,才能够压服许多比我大一半年龄的同学的心。为凑集学费之类,已经罗掘得精光的我那位母亲,自然是再也没有两块大洋的余钱替我去买皮鞋了,不得已就只好老了面皮,带着了我,上大街上的洋广货店里去赊去;当时的皮鞋,是由上海运来,在洋广货店里寄售的。

一家,两家,三家,我跟了母亲,从下街走起,一直走到了上街尽处的那一家隆兴字号。店里的人，看我们进去，先都非常客气，摸摸我的头，一双一双的皮鞋拿出来替我试脚；但一听到了要赊欠的时候，却同样地都白了眼，作一脸苦笑，说要去问账房先生的。而各个账房先生，又都一样地板起了脸，放大了喉咙，说是赊欠不来。到了最后那一家隆兴里，惨遭拒绝赊欠的一瞬间，母亲非但涨红了脸，我看见她的眼睛，也有点红起来了。不得已只好默默地旋转了身，走出了店；我也并无言语，跟在她的后面走回家来。到了家里，她先掀着鼻涕，上楼去了半天；后来终于带了一大包衣服，走下楼来了，我晓得她是将从后门走出，上当铺去以衣服抵押现钱的；这时候，我心酸极了，哭着喊着，赶上了后门边把她拖住，就绝命地叫说：

"娘，娘！您别去吧！我不要了，我不要皮鞋穿了！那些店家！那些可恶的店家！"

我拖住了她跪向了地下，她也呜呜地放声哭了起来。两人的对泣，惊动了四邻，大家都以为是我得罪了母亲，走拢来相劝。我愈听愈觉得悲哀，母亲也愈哭愈是厉害，结果还是我重赔了不是，由间壁的大伯伯带走，走上了他们的家里。

自从这一次的风波以后，我非但皮鞋不着，就是衣服用具，都不想用新的了。拼命地读书，拼命地和同学中的贫苦者相往来，对有钱的人，经商的人仇视等，也是从这时候而起的。当时虽还只有十一二岁的我，经了这一番波折，居然有起老成人的样子来了，直到现在，觉得这一种怪癖的性格，还是改不转来。

到了我十三岁的那一年冬天，是光绪三十四年，皇帝死了；小小的这富阳县里，也来了哀诏，发生了许多议论。熊成基的安徽起义，无知幼弱的溥仪的入嗣，帝室的荒淫，种族的歧异等等，都从几位看报的教员的口里，传入了我们的耳朵。而对于我印象最深的，是一位国文教员拿给我们看的报纸上的一张青年军官的半身肖像。他说，这一位革命义士，在哈尔滨被捕，在吉林被清朝的大员及汉族的卖国奴等生生地杀掉了；我们要复仇，我们要努力用功。所谓种族，所谓革命，所谓国家等等的概念，到这时候，才隐约地在我脑里生了一点儿根。

第二章
人生的路走得跌跌撞撞,但我们必须全力以赴

两个家 / 夏丏尊

"呀,你几时出来的?夫人和孩子们也都来了吗?前星期我打电话到公司去找你,才知道你因老太太的病,忽然变卦,又赶回去了,隔了一日,就接到你寄来的报丧条子。你今年总算够受苦了,从五月初上你老太太生病起,匆匆地回去,匆匆地出来,据我所知道的,就有四五次,这样大旱的天气,而且又带了家眷和小孩,光只川费一项也就可观了吧。"

"唉,真是一言难尽!这回赶得着送老太太的终,几次奔波还算是有意义的。"

"老太太的后事,想大致舒齐了吧。"

"哪里!到了乡间,就有乡间的排场,回神咧,二七咧,五七咧,七七咧,都非有举动不可,我想不举动,亲戚本家都不答应。这次头七出殡,间壁的二伯父就不以为然,说不该如是草草。家里事情正多哩,公司里好几次写快信来催,我只好把家眷

留在家里，独自先来，隔几天再赶回去。"

"那么还要奔波好几趟呢。唉！像我们这样在故乡有老家的人，不好吃都市饭，最好是回去捏锄头。我们现在都有两个家，一个家在都市里，是亭子间或是客堂楼，厢房间，住着的是自己夫妇和男女。一个家在故乡，是几开间几进的房子，住着的是年老的祖父祖母，父母和未成年弟妹。因为家有两个的缘故，就有许多无谓的苦痛要受。像你这回的奔波，就是其中之一啊。"

"奔波还是小事，我心里最不安的，是没有好好地尽过服侍的责任。老太太病了这几个月，我在她床边的日子合计起来，不满一个星期。在公司里每日盼望家信，也何尝不刻刻把心放在她身上，可是于她有什么用呢。"

"这就是家有两个的矛盾了。我们日常不知因此而发生多少的矛盾，譬如说：我和你是亲戚，照礼，老太太病了，我应该去探望，故了，应该去送殓送殡，可是我都无法去尽这种礼。又譬如说：上坟扫墓是我们中国的牢不可破的旧礼法。一个坟头，如果每年没有子孙去祭扫，就连坟头都要被人看不起的。我已有好几年不去扫墓了，去年也曾想去，终于因为离不开身，没有去成。我把家眷搬到都市里，已十多年了，最初搬家的原因是因为没饭吃，办事的地方没有屋住，当时我父母还在世，也赞同我把妻儿带在身边住，不过背后不免有'养儿子是假的'

的叹息。我也曾屡次想接老父老母出来同居,一则因为都市里房价太贵,负担不起,而且都市的房子也不适宜于老年人居住。二则因为家里有许多房子和东西,也不好弃了不管,终于没有实行。迁延复迁延,过了几年,本来有子有孙的老父老母先后都在寂寞的乡居生活中故世了。你现在的情形,和我当日一样。"

"老太太在日,我每年总要带了妻儿回去一次,她见我们回去,就非常快乐,足见我们不在她身边的时候,是寂寞不快的。现在老太太死了,我越想越觉得难过。"

"像我们这种人,原不是孝子,即使想做孝子,也不能够。如果用了'晨昏定省''汤药亲尝'等等的形式规矩来责备,我们都犯了不孝之罪。岂但孝呢,悌也无法实行。我常想,中国从前的一切习惯制度,都是农业社会的产物,我们生活在近代工商社会的人,要如法奉行,是很困难的。大家以农为业,父母子女兄弟天天在一处过活,对父母可以晨昏定省,可以汤药亲尝,对兄弟可以出入必同行,对长者可以有事服其劳,扫墓不必花川资,向公司告假。如果是士大夫,那么有一定的年俸,父母死了,还可以三年不做事,一心住在家里读礼守制。可是我们已经不能一一照做。一方面这种农业社会的习惯制度,还遗存着势力,如果不照做,别人可以责备,自己有时也觉得过不去。矛盾,苦痛,就从此发生了。"

"你说得对！我们现在有两个家，在都市里的家，是工商社会性质的，在故乡的家，是农业社会性质的。我在故乡的家还是新屋，是父亲去世前一年造的。父亲自己是个商人，我出了学校他又不叫我学种田，不知为什么要花了许多钱在乡间造那么大的房子。如果当时造在都市里，那么就是小小的一二间也好，至少我可以和老太太住在一处，不必再住那样狭隘的客堂楼了。"

"我家里的房子，是祖父造的，祖父也不曾种田。——过去的事，有什么可说的呢？现在不是还有许多人从都市里发了财，在故乡造大房子吗？由社会的矛盾而来的苦痛，是各方面都受到的。并非一方受了苦痛，一方会得什么利益。你因觉得到对老太太未曾尽孝养之道，心里不安，老太太病中见了你因她的病，几次奔波回去，心里也不会爽快吧。你住在都市中的客堂楼上嫌憎不舒服，而老太太死后，那所巨大的空房子恐怕也处置很困难吧。这都是社会的矛盾，我们生在这过渡时代，恰如处在夹墙之中，到处都免不掉要碰壁的。"

"老太太死后，我一时颇想把房子出卖。一则恐怕乡间没有人会承受，凡是买得起这样房子的人，自己本有房子，而且也是空着在那里的。一则对于上代也觉得过意不去，父亲造这房子颇费了心血，老太太才故世，我就来把它卖了，似乎于心不忍。"

"这就是所谓矛盾了。要卖房子,没有人会买;想卖,又觉得于心不忍,这不是矛盾的是什么?"

"那么你以为该怎么办?"

"我也不知道怎么办才好,你知道我自己也不会把故乡的房子卖去,我只说这是矛盾而已。感到这种矛盾的苦痛的人,恐不止你我吧。"

儿女 / 朱自清

我现在已是五个儿女的父亲了。想起圣陶喜欢用的"蜗牛背了壳"的比喻，便觉得不自在。新近一位亲戚嘲笑我说，"要剥层皮呢！"更有些悚然了。十年前刚结婚的时候，在胡适之先生的《藏晖室札记》里，见过一条，说世界上有许多伟大的人物是不结婚的；文中并引培根的话，有妻子者，其命定矣。当时确吃了一惊，仿佛梦醒一般；但是家里已是不由分说给娶了媳妇，又有什么可说？现在是一个媳妇，跟着来了五个孩子；两个肩头上，加上这么重一副担子，真不知怎样走才好。"命定"是不用说了；从孩子们那一面说，他们该怎样长大，也正是可以忧虑的事。我是个彻头彻尾自私的人，做丈夫已是勉强，做父亲更是不成。自然，"子孙崇拜""儿童本位"的哲理或伦理，我也有些知道；既做着父亲，闭了眼抹杀孩子们的权利，知道是不行的。可惜这只是理论，实际上我是仍旧按照古老的传统，在野蛮地对付着，和普通的父亲一样。近来差不多是中年的人了，才渐渐觉得自己的残酷；想着孩子们受过的体罚和叱责，始终不能辩解——象抚摩着旧创痕那样，我的心酸溜溜的。有一回，读了有岛武郎《与幼小者》的译文，对那种伟大的，沉挚的态度，我竟流下泪来了。去年父亲来信，问起阿九，那时阿九还在白马湖呢；信上说，"我没有耽误你，你也不要耽误他才好。"我为这句话哭了一场；我为什么不象父亲的仁慈？我不该忘记，父亲怎样待我们来着！人性许真是二元的，我是这样地矛盾；我的心象钟摆似的来去。

你读过鲁迅先生的《幸福的家庭》么？我的便是那一类的"幸福的家庭"！每天午饭和晚饭，就如两次潮水一般。先是孩子们你来他去地在厨房与饭间里查看，一面催我或妻发开饭的命令。急促繁碎的脚步，夹着笑和嚷，一阵阵袭来，直到命令发出为止。他们一递一个地跑着喊着，将命令传给厨房里佣人；便立刻抢着回来搬凳子。于是这个说，"我坐这儿！"那个说，"大哥不让我！"大哥却说，"小妹打我！"我给他们调解，说好话。但是他们有时候很固执，我有时候也不耐烦，这便用着叱责了；叱责还不行，不由自主地，我的沉重的手掌便到他们身上了。于是哭的哭，坐的坐，局面才算定了。接着可又你要大碗，他要小碗，你说红筷子好，他说黑筷子好；这个要干饭，那个要稀饭，要茶要汤，要鱼要肉，要豆腐，要萝卜；你说他菜多，他说你菜好。妻是照例安慰着他们，但这显然是太迂缓了。我是个暴躁的人，怎么等得及？不用说，用老法子将他们立刻征服了；虽然有哭的，不久也就抹着泪捧起碗了。吃完了，纷纷爬下凳子，桌上是饭粒呀，汤汁呀，骨头呀，渣滓呀，加上纵横的筷子，欹斜的匙子，就如一块花花绿绿的地图模型。吃饭而外，他们的大事便是游戏。游戏时，大的有大主意，小的有小主意，各自坚持不下，于是争执起来；或者大的欺负了小的，或者小的竟欺负了大的，被欺负的哭着嚷着，到我或妻的面前诉苦；我大抵仍旧要用老法子来判断的，但不理的时候也有。最为难的，是争夺玩具的时候：这一个的与那一个的是同样的东西，却偏要那一个的；而那一个便偏不答应。在这种情形之下，不论如何，终于是非哭了不可的。这些事件自然不至于天天全有，但大致总有好些起。我若坐在家里看书或写什么东西，管保一点钟里要分几回心，或站起来一两次的。若是雨天或礼拜日，孩子们在家的多，那么，摊开书竟看不下一行，提起笔也写不出一个字的事，也有过的。我常和妻说，我们家真是成日的千军万马呀！有时是不但成日，连夜里也有兵马在进行着，在有吃乳或生病的孩子的时候！

我结婚那一年，才十九岁。二十一岁，有了阿九；二十三岁，又有了阿菜。那时我正象一匹野马，那能容忍这些累赘的鞍鞯，辔头，和缰绳？摆脱也知是不行的，但不自觉地时时在

第二章
人生的路走得跌跌撞撞，但我们必须全力以赴

摆脱着。现在回想起来，那些日子，真苦了这两个孩子；真是难以宽宥的种种暴行呢！阿九才两岁半的样子，我们住在杭州的学校里。不知怎地，这孩子特别爱哭，又特别怕生人。一不见了母亲，或来了客，就哇哇地哭起来了。学校里住着许多人，我不能让他扰着他们，而客人也总是常有的；我懊恼极了，有一回，特地骗出了妻，关了门，将他按在地下打了一顿。这件事，妻到现在说起来，还觉得有些不忍；她说我的手太辣了，到底还是两岁半的孩子！我近年常想着那时的光景，也觉黯然。阿菜在台州，那是更小了；才过了周岁，还不大会走路。也是为了缠着母亲的缘故吧，我将她紧紧地按在墙角里，直哭喊了三四分钟；因此生了好几天病。妻说，那时真寒心呢！但我的苦痛也是真的。我曾给圣陶写信，说孩子们的折磨，实在无法奈何；有时竟觉着还是自杀的好。这虽是气愤的话，但这样的心情，确也有过的。后来孩子是多起来了，磨折也磨折得久了，少年的锋棱渐渐地钝起来了；加以增长的年岁增长了理性的裁制力，我能够忍耐了——觉得从前真是一个不成材的父亲，如我给另一个朋友信里所说。但我的孩子们在幼小时，确比别人的特别不安静，我至今还觉如此。我想这大约还是由于我们抚育不得法；从前只一味地责备孩子，让他们代我们负起责任，却未免是可耻的残酷了！

正面意义的"幸福"，其实也未尝没有。正如谁所说，小

的总是可爱，孩子们的小模样，小心眼儿，确有些教人舍不得的。阿毛现在五个月了，你用手指去拨弄她的下巴，或向她做趣脸，她便会张开没牙的嘴格格地笑，笑得象一朵正开的花。她不愿在屋里待着；待久了，便大声儿嚷。妻常说，"姑娘又要出去溜达了。"她说她象鸟儿般，每天总得到外面溜一些时候。闰儿上个月刚过了三岁，笨得很，话还没有学好呢。他只能说三四个字的短语或句子，文法错误，发音模糊，又得费气力说出；我们老是要笑他的。他说"好"字，总变成"小"字；问他"好不好？"他便说"小"，或"不小"。我们常常逗着他说这个字玩儿；他似乎有些觉得，近来偶然也能说出正确的"好"字了——特别在我们故意说成"小"字的时候。他有一只搪瓷碗，是一毛来钱买的；买来时，老妈子教给他，"这是一毛钱。"他便记住"一毛"两个字，管那只碗叫"一毛"，有时竟省称为"毛"。这在新来的老妈子，是必需翻译了才懂的。他不好意思，或见着生客时，便咧着嘴痴笑；我们常用了土话，叫他做"呆瓜"。他是个小胖子，短短的腿，走起路来，蹒跚可笑；若快走或跑，便更"好看"了。他有时学我，将两手叠在背后，一摇一摆的；那是他自己和我们都要乐的。他的大姊便是阿菜，已是七岁多了，在小学校里念着书。在饭桌上，一定得啰啰唆唆地报告些同学或他们父母的事情；气喘喘地说着，不管你爱听不爱听。说完了总问我："爸爸认识么？""爸爸知道么？"妻常禁止她吃饭时说话，所以她总是问我。她的问题真多：看电影便问电影里的是不是人？是不是真人？怎么不说话？看照相也是一样。不知谁告诉她，兵是要打人的。她回来便问，兵是人么？为什么打人？近来大约听了先生的话，回来又问张作霖的兵是帮谁的？蒋介石的兵是不是帮我们的？诸如此类的问题，每天短不了，常常闹得我不知怎样答才行。她和闰儿在一处玩儿，一大一小，不很合式，老是吵着哭着。但合式的时候也有：譬如这个往床底下躲，那个便钻进去追着；这个钻出来，那个也跟着——从这个床到那个床，只听见笑着，嚷着，喘着，真如妻所说，象小狗似的。现在在京的，便只有这三个孩子；阿九和转儿是去年北来时，让母亲暂时带回扬州去了。

阿九是欢喜书的孩子。他爱看《水浒》《西游记》《三侠五义》《小朋友》等；没有事便捧着书坐着或躺着看。只不欢喜《红楼梦》，说是没有味儿。是的，《红楼梦》的味儿，一个十岁的孩子，哪里能领略呢？去年我们事实上只能带两个孩子来；因为他大些，而转儿是一直跟着祖母的，便在上海将他俩丢下。我清清楚楚记得那分别的一个早上。我领着阿九从二洋泾桥的旅馆出来，送他到母亲和转儿住着的亲戚家去。妻嘱咐说，"买点吃的给他们吧。"我们走过四马路，到一家茶食铺里。阿九说要熏鱼，我给买了；又买了饼干，是给转儿的。便乘电车到海宁路。下车时，看着他的害怕与累赘，很觉恻然。

到亲戚家,因为就要回旅馆收拾上船,只说了一两句话便出来;转儿望望我,没说什么,阿九是和祖母说什么去了。我回头看了他们一眼,硬着头皮走了。后来妻告诉我,阿九背地里向她说:我知道爸爸欢喜小妹,不带我上北京去。其实这是冤枉的。他又曾和我们说,暑假时一定来接我啊!我们当时答应着;但现在已是第二个暑假了,他们还在迢迢的扬州待着。他们是恨着我们呢?还是惦着我们呢?妻是一年来老放不下这两个,常常独自暗中流泪;但我有什么法子呢!想到"只为家贫成聚散"一句无名的诗,不禁有些凄然。转儿与我较生疏些。但去年离开白马湖时,她也曾用了生硬的扬州话(那时她还没有到过扬州呢),和那特别尖的小嗓子向着我:"我要到北京去。"她晓得什么北京,只跟着大孩子们说罢了;但当时听着,现在想着的我,却真是抱歉呢。这兄妹俩离开我,原是常事,离开母亲,虽也有过一回,这回可是太长了;小小的心儿,知道是怎样忍耐那寂寞来着!

我的朋友大概都是爱孩子的。少谷有一回写信责备我,说儿女的吵闹,也是很有趣的,何至可厌到如我所说;他说他真不解。子恺为他家华瞻写的文章,真是"蔼然仁者之言"。圣陶也常常为孩子操心:小学毕业了,到什么中学好呢?——这样的话,他和我说过两三回了。我对他们只有惭愧!可是近来我也渐渐觉着自己的责任。我想,第一该将孩子们团聚起来,其次便该给他们些力量。我亲眼见过一个爱儿女的人，因为不曾好好地教育他们，便将他们荒废了。他并不是溺爱，只是没有耐心去料理他们，他们便不能成材了。我想我若照现在这样下去，孩子们也便危险了。我得计划着，让他们渐渐知道怎样去做人才行。但是要不要他们象我自己呢？这一层，我在白马湖教初中学生时，也曾从师生的立场上问过丐尊，他毫不踌躇地说，"自然啰。"近来与平伯谈起教子，他却答得妙，"总不希望比自己坏啰。"是的，只要不"比自己坏"就行，象不象倒是不在乎的。职业，人生观等，还是由他们自己去定的好；自己顶可贵，只要指导，帮助他们去发展自己，便是极贤明的办法。

予同说，"我们得让子女在大学毕了业，才算尽了责任。"ＳＫ说，"不然，要看我们的经济，他们的材质与志愿；若是中学毕了业，不能或不愿升学，便去做别的事，譬如做工人吧，那也并非不行。"自然，人的好坏与成败，也不尽靠学校教育；说是非大学毕业不可，也许只是我们的偏见。在这件事上，我现在毫不能有一定的主意；特别是这个变动不居的时代，知道将来怎样？好在孩子们还小，将来的事且等将来吧。目前所能做的，只是培养他们基本的力量——胸襟与眼光；孩子们还是孩子们，自然说不上高的远的，慢慢从近处小处下手便了。这自然也只能先按照我自己的样子："神而明之，存乎其人,"光辉也罢,倒楣也罢,平凡也罢,让他们各尽各的力去。我只希望如我所想的,从此好好地做一回父亲,便自称心满意。——想到那"狂人""救救孩子"的呼声,我怎敢不悚然自勉呢?

第二章
人生的路走得跌跌撞撞,但我们必须全力以赴

小型的复活 / 老舍

"二十三,罗成关。"

二十三岁那一年的确是我的一关,几乎没有闯过去。

从生理上,心理上,和什么什么理上看,这句俗语确是个值得注意的警告。据一位学病理学的朋友告诉我:从十八到二十五岁这一段,最应当注意抵抗肺痨。事实上,不少人在二十三岁左右正忙着大学毕业考试,同时眼睛溜着毕业即失业那个鬼影儿;两气夹攻,身体上精神上都难悠悠自得,肺病自不会不乘虚而入。

放下大学生不提,一般的来说,过了二十一岁,自然要开始收起小孩子气而想变成个大人了;有好些二十二三岁的小伙子留下小胡子玩玩,过一两星期再剃了去,即是一证。在这期间,事情得意呢,便免不得要尝尝一向认为是禁果的那些玩艺儿;既不再自居为小孩子,就该老声老气的干些老人们所玩的风流事儿

了。钱是自己挣的,不花出去岂不心中闹得慌。吃烟喝酒,与穿上绸子裤褂,还都是小事;嫖嫖赌赌,才真够得上大人味儿。要是事情不得意呢,抑郁牢骚,此其时也,亦能损及健康。老实一点的人儿,即使事情得意,而又不肯瞎闹,也总会想到找个女郎,过过恋爱生活,虽然老实,到底年轻沉不住气,遇上以恋爱为游戏的女子,结婚是一堆痛苦,失恋便许自杀。反之,天下有欠太平,顾不及来想自己,杀身成仁不甘落后,战场上的血多是这般人身上的。

可惜没有一套统计表来帮忙,我只好说就我个人的观察,这个"罗成关论"是可以立得住的。就近取譬,我至少可以抬出自己作证,虽说不上什么"科学的",但到底也不失"有这么一回"的价值。

二十三岁那年,我自己的事情,以报酬来讲,不算十分的坏。每月我可以拿到一百多块钱。十六七年前的一百块是可以当现在二百块用的;那时候还能花十五个小铜子就吃顿饱饭。我记得:一份肉丝炒三个油撕火烧,一碗馄饨带沃两个鸡子,不过是十一二个铜子就可以开付;要是预备好十五枚作饭费,那就颇可以弄一壶白干儿喝喝了。

自然那时候的中交钞票是一块当作几角用的,而月月的薪水永远不能一次拿到,于是化整为零与化元为角的办法使我往往须当一两票当才能过得去。若是痛痛快快的发钱,而钱又是一律现洋，我想我或者早已成个"阔老"了。

无论怎么说吧，一百多元的薪水总没教我遇到极大的困难；当了当再赎出来，正合"裕民富国"之道，我也就不悦不怨。每逢拿到几成薪水，我便回家给母亲送一点钱去。由家里出来，我总感到世界上非常的空寂，非掏出点钱去不能把自己快乐的与世界上的某个角落发生关系。于是我去看戏，逛公园，喝酒，买"大喜"烟吃。因为看戏有了瘾，我更进一步去和友人们学几句，赶到酒酣耳热的时节，我也能喊两嗓子；好歹不管，喊喊总是痛快的。酒量不大，而颇好喝，凑上二三知己，便要上几斤；喝到大家都舌短的时候，才正爱说话，说得爽快亲热，真露出点燕赵多慷慨悲歌之士的气概来。这的确值得记住的。喝醉归来，有时候把钱包手绢一齐交给洋车夫给保存着，第二日醒过来，于伤心中仍略有豪放不羁之感。

也学会了打牌。到如今我醒悟过来，我永远成不了牌油子。我不肯费心去算计，而完全浪漫的把胜负交与运气。我不看"地"上的牌，也不看上下家放的张儿，我只想象的希望来了好张子便成了清一色或是大三元。结果是回回一败涂地。认识了这一个缺欠以后，对牌便没有多大瘾了，打不打都可以；可是，在那时候我决不承认自己的牌臭，只要有人张罗，我便坐下了。

我想不起一件事比打牌更有害处的。喝多了酒可以受伤，但是刚醉过了,谁都不会马上再去饮,除非是借酒自杀的。打牌可就不然了,明知有害,还要往下干,有一个人说"再接着来",谁便也舍不得走。在这时候,人好像已被那些小块块们给迷住,冷热饥饱都不去管,把一切卫生常识全抛在一边。越打越多吃烟喝茶,越输越往上撞火。鸡鸣了,手心发热,脑子发晕,可是谁也不肯不舍命陪君子。打一通夜的麻雀,我深信,比害一场小病的损失还要大得多。但是,年轻气盛,谁管这一套呢!

我只是不嫖。无论是多么好的朋友拉我去,我没有答应过一回。我好像是保留着这么一点,以便自解自慰;什么我都可以点头,就是不能再往"那里"去;只有这样,当清夜扪心自问的时候才不至于把自己整个的放在荒唐鬼之群里边去。

可是,烟,酒,麻雀,已足使我瘦弱,痰中往往带着点血!

那时候,婚姻自由的理论刚刚被青年们认为是救世的福音,而母亲暗中给我定了亲事。为退婚,我着了很大的急。既要非作个新人物不可,又恐太伤了母亲的心,左右为难,心就绕成了一个小疙疸。我请来三姐给我说情,老母含泪点了头。我爱母亲,但是我给了她最大的打击。时代使我成为逆子。婚约到底是废除了,可是我得到了很重的病。

病的初起,我只觉得混身发僵。洗澡,不出汗;满街去跑,不出汗。我知道要不妙。两三天下去,我服了一些成药,无效。夜间,我作了个怪梦,梦见我仿佛是已死去,可是清清楚楚的听见大家的哭声。第二天清晨，我回了家，到家便起不来了。

"先生"是位太医院的，给我下得什么药，我不晓得，我已昏迷不醒，不晓得要药方来看。等我又能下了地，我的头发已全体与我脱离关系，头光得像个磁球。半年以后，我还不敢对人脱帽，帽下空空如也。

经过这一场病，我开始检讨自己：那些嗜好必须戒除，从此要格外小心，这不是玩的！

可是，到底为什么要学这些恶嗜好呢？啊，原来是因为月间有百十块的进项，而工作又十分清闲。那么，打算要不去胡闹，必定先有些正经事作；清闲而报酬优的事情只能毁了自己。

恰巧，这时候我的上司申斥了我一顿。我便辞了差。有的人说我太负气，有的人说我被迫不能不辞职，我都不去管。我去找了个教书的地方，一月挣五十块钱。在金钱上，不用说，我受了很大的损失；在劳力上自然也要多受好多的累。可是，我很快活：我又摸着了书本，一天到晚接触的都是可爱的学生们。除了还吸烟，我把别的嗜好全自自然然的放下了。挣的钱少，作的事多，不肯花钱，也没闲工夫去花。一气便是半年，我没吃醉过一回，没摸过一次牌。累了，在校园转一转，或到运动场外看学生们打球，我的活动完全在学校里，心整，生活有规律；设若再能把烟卷扔下，而多上几次礼拜堂，我颇可以成个清教徒了。

想起来，我能活到现在，而且生活老多少有些规律，差不多全是那一"关"的劳；自然，那回要是没能走过来，可就似乎有些不妥了。"二十三，罗成关"，是个值得注意的警告！

第三章
我触摸过一个人孤独的恐惧,可人总要学会独自面对

入校后一个月的光景,同学赠了我一个"怪物"的绰号。
在他们看来,这个不善交际,衣装朴素,话也不大会说的乡下蠢才,
做起文章来,竟能压倒侪辈,当然是一件天大的奇事。
既然成了一个不入伙的孤独的游离分子,我的情感、时间与精力,
只有钻向书本子去的一条出路。零用钱里节省下来的金钱,
就做了我的唯一娱乐积买旧书的源头活水。

我最初的人生思索 / 冯骥才

大概是我九岁那年的晚秋，因为穿着很薄的衣服在院里跑着玩，跑得一身汗，又站在胡同口去看一个疯子，拍了风，病倒了。病得还不轻呢！面颊烧得火辣辣的，脑袋晃晃悠悠，不想吃东西，怕光，尤其受不住别人嗡嗡出声地说话……

妈妈就在外屋给我架一张床，床前的茶几上摆了几瓶味苦难吃的药，还有与其恰恰相反，挺好吃的甜点心和一些很大的梨。妈妈用手绢遮在灯罩上，嗯，真好！灯光细密的针芒再不来逼刺我的眼睛了，同时把一些奇形怪状的影子映在四壁上。为什么精神颓萎的人竟贪享一般地感到昏暗才舒服呢？

我和妈妈住的那间房有扇门通着。该入睡时，妈妈披一条薄毯来问我还难受不？想吃什么？然后，她低下身来，用她很凉的前额抵一抵我的头，那垂下来的毯边的丝穗弄得我的肩膀怪痒的。"还有点烧，谢天谢地，好多了……"她说。在半明半暗的灯光里，妈妈朦胧而温柔的脸上现出爱抚和舒心的微笑。

最后，她扶我吃了药，给我盖了被子，就回屋去睡了。只剩下我自己了。

我一时睡不着，便胡思乱想起来。脑子里乱得很，好像一团乱线，抽不出一个可以清晰地思索下去的线头。白天留下的印象搅成一团：那个疯子可笑和可怕的样子总缠着我，不想不行；还有追猫呀、大笑呀、死蜻蜓呀，然后是哥哥打我，挨骂了，呕吐了，又是挨骂；鸡蛋汤冒着热气儿……穿白大褂的那个老头，拿着一个连在耳朵上的冰凉的小铁疙瘩，一个劲儿地在我胸脯上乱摁；后来我觉得脑子完全混乱，不听使唤，便什么也不去想，渐渐感到眼皮很重，昏沉沉中，觉得茶几上几只黄色的梨特别刺眼，灯光也讨厌得很，昏暗、无聊、没用，呆呆地照着。睡觉吧，我伸手把灯闭了。

黑了！霎时间好像一切都看不见了。怎么这么安静、这么舒服呀……

跟着，月光好像刚才一直在窗外窥探，此刻从没拉严的窗帘的缝隙里钻了进来，碰到药瓶上、瓷盘上、铜门把手上，散发出淡淡发蓝的幽光。远处一家作坊的机器有节奏地响着，不一会儿也停下来了，偶尔从很远很远的地方传来货轮的鸣笛声，声音沉闷而悠长……

灯光怎么使生活显得这么狭小，它只照亮身边；而夜，黑黑的，却顿时把天地变得如此广阔、无限深长呢？

我那个年龄并不懂得这些。思索只是简单、即时和短距离的；忧愁和烦恼还从未有乘着夜静和孤独悄悄爬进我的心里。我只觉得这黑夜中的天地神秘极了，浑然一气，深不可测，浩无际涯；我呢，这么小，无依无靠，孤孤单单；这黑洞洞的世界仿佛要吞掉我似的。这时，我感到身下的床没了，屋子没了，地面也没了，四处皆空，一切都无影无踪；自己恍惚悬在天上了，躺在软绵绵的云彩上……周围那样旷阔，一片无穷无尽的透明的乌蓝色，这云也是乌蓝乌蓝的；远远近近还忽隐忽现地闪烁着星星般五光十色的亮点儿……

这天究竟有多大，它总得有个尽头呀！哪里是边？那个边的外面是什么？又有多大？再外边……难道它竟无边无际吗？相比之下，我们多么小。我们又是谁？这么活着，喘气，眨眼，我到底是谁呀！

我伸手摸摸自己的脸、鼻子、嘴唇，觉得陌生又离奇，挺怪似的……这究竟是怎么回事？

我是从哪儿来的？从前我在哪里？什么样子？我怎么成为现在这个我的？将来又怎么样？长大，像爸爸那么高，做事……再大，最后呢？老了，老了以后呢？这时我想起妈妈说过的一句话："谁都得老，都得死的。"

死？这是个多么熟悉的字眼呀！怎么以前我就从来没想过

它意味着什么呢？死究竟意味着什么？像爷爷，像从前门口卖糖葫芦那个老婆婆，闭上眼，不能说话，一动不动，好似睡着了一样。可是大家哭得那么伤心。到底还是把他们埋在地下了。为什么要把他们埋起来？他们不就永远也不能说话，也不能动，永远躺在厚厚的土地下了？难道就因为他们死了吗？

忽然，我感到一阵死的神秘、阴冷和可怕，觉得周身就仿佛散出凉气来。

于是，哥哥那本没皮儿的画报里脸上长毛的那个怪物出现了，跟着是白天那只死蜻蜓，随时想起来都吓人的鬼故事；跟着，胡同口的那个疯子朝我走来了……黑暗中，出现许多爷爷那样的眼睛，大大小小，紧闭着，眼皮还在鬼鬼祟祟地颤动着，好像要突然睁开，瞪起怕人的眼珠儿来……

我害怕了，已从将要入睡的懵懂中完全清醒过来了。我想——将来，我也要死的，也会被人埋在地下，这世界就不再有我了。我也就再不能像现在这样踢球呀，做游戏呀，捉蟋蟀呀，看马戏时吃那种特别酸的红果片呀……还有时去舅舅家看那个总关得严严实实的迷人的大黑柜，逗那条瘸腿狗，到那乱七八糟、杂物堆积的后院去翻找"宝贝"……而且再也不能"过年"了，那样地熬夜、拜年、放烟火、攒压岁钱；表哥把点着的鞭炮扔进鸡窝去，吓得鸡像鸟儿一样飞到半空中，乐得我喘不过气来；我们还瞒着妈妈去野坑边钓鱼，钓来一条又黄又丑的大鱼,给馋嘴的猫咪饱餐了一顿;下雨的晚上,和表哥躺在被窝里,看窗外打着亮闪,响着大雷……活着有多少快活的事,死了就完了。那时,表哥呢?妹妹呢?爸爸妈妈呢?他们都会死吗?他们知道吗?怎么也不害怕呀!我们能够不死吗?活着有多好!大家都好好活着,谁也不死。可是,可是不行啊……"谁都得老,都得死的。"死,这时就像拥有无限威力似的,而且严酷无情。在它面前,我那么无力,哀求也没用,大家都一样,只有顺从,听摆布,等着它最终的来临……想到这里,尤其是想到妈妈,我的心简直冷得发抖。

妈妈将来也会死吗?她比我大,会先老,先死的。她就再不能爱我了,不能像现在这样,脸挨着脸,搂我,亲我……她的笑,她的声音,她柔软而暖和的手,她整个人,在将来某一天就会一下子永远消失了吗?她会有多少话想说,却不能说,我也就永远无法听到了;她再看不见我,我的一切她也不再会知道。如果那时我有话要告诉她呢?到哪儿去找她?她也得被埋在地下吗?土地,坚硬、潮湿、冷冰冰的……我真怕极了。先是伤心、难过、流泪,而后愈想愈加心虚害怕,急得蹬起被子来。趁妈妈活着的时光,我要赶紧爱她,听她的话,不惹她生气,只做让大家和妈妈高兴的事。哪怕她还骂我,我也要爱她,快爱,多爱;我就要起来跑到她房里,紧紧搂住她……

四周黑极了,这一切太怕人了。我要拉开灯,但抓不着灯线，慌乱的手碰到茶几上的药瓶。我便失声哭叫起来:"妈妈，妈妈……"

灯忽然亮了。妈妈就站在床前。她莫名其妙地看着我:"怎么，做噩梦了？别怕……孩子，别怕。"

她俯身又用前额抵一抵我的头。这回她的前额不凉，反而挺热的了。"好了，烧退了。"她宽心而温柔地笑着。

刚才的恐怖感还没离开我。这是怎么回事？我茫然地望着她，有种异样的感觉。

一时，我很冲动，要去拥抱她，但只微微挺起胸脯，脑袋却像灌了铅似的沉重，刚刚离开枕头，又坠倒在床上。

"做什么？你刚好，当心再着凉。"她说着便坐在我床边，紧挨着我，安静地望着我，一直在微笑，并用她暖和的手抚弄我的脸颊和头发。"你刚才是不是做噩梦了？听你喊的声音好大哪！"

"不是……我想了……将来，不，我……"

我想把刚才所想的事情告诉给妈妈，但不知为什么，竟然无法说出来。是不是担心说出来，她知道后也要害怕的。那是件多么可怕的事啊！

"得了，别说了，疯了一天了，快睡吧！明天病就全好了……"

昏暗的灯光静静地照着床前的药瓶、点心和黄色的梨，照着妈妈无言而含笑的脸。她拉着我的手，我便不由得把她的手握得紧紧的……

我再不敢想那些可怕又莫解的事了。但愿世界上根本没有那种事。

栖息在邻院大树上的乌鸦不知为何缘故，含糊不清地咕囔一阵子，又静下去了。被月光照得微明的窗帘上走过一只猫的影子，渐渐地，一切都静止了，模糊了，淡远了，融化了，变成一团无形的、流动的、软软而迷漫的烟。我不知不觉便睡着了。

一个深奥而难解的谜，从那个夜晚便悄悄留存在我的心里。后来我才知道，这是我最初在思索人生。

第三章
我触摸过一个人孤独的恐惧,可人总要学会独自面对

孤独者 / 郁达夫

里外湖的荷叶荷花,已经到了凋落的初期,堤边的杨柳,影子也淡起来了。几只残蝉,刚在告人以秋至的七月里的一个下午,我又带了行李,到了杭州。

因为是中途插班进去的学生,所以在宿舍里,在课堂上,都和同班的老学生们,仿佛是两个国家的国民。从嘉兴府中,转到了杭州府中,离家的路程,虽则是近了百余里,但精神上的孤独,反而更加深了!不得已,我只好把热情收敛,转向了内,固守着我自己的壁垒。

当时的学堂里的课程,英文虽也是重要的科目,但究竟还是旧习难除,中国文依旧是分别等第的最大标准。教国文的那一位桐城派的老将王老先生,于几次作文之后,对我有点注意起来了,所以进校后将近一个月光景的时候,同学们居然赠了我一个"怪物"的绰号;因为由他们眼里看来,这一个不善交际,衣装

朴素，说话也不大会说的乡下蠢才，做起文章来，竟也会得压倒侪辈，当然是一份非怪物不能的天大的奇事。

杭州终究是一个省会，同学之中，大半是锦衣肉食的乡宦人家的子弟。因而同班中衣饰美好，肉色细白，举止娴雅，谈吐温存的同学，不知道有多少。而最使我惊异的，是每一个这样的同学，总有一个比他年长一点的同学，附随在一道的那一种现象。在小学里，在嘉兴府中里，这一种风气，并不是说没有，可是决没有像当时杭州府中那么的风行普遍。而有几个这样的同学，非但不以被视作女性为可耻，竟也有熏香傅粉，故意在装腔作怪，卖弄富有的。我对这一种情形看得真有点气，向那一批所谓 Faoe 的同学，当然是很明显地表示了恶感，就是向那些年长一点的同学，也时时露出了敌意；这么一来，我的"怪物"之名，就愈传愈广，我与他们之间的一条墙壁，自然也愈筑愈高了。

在学校里既然成了一个不入伙的孤独的游离分子，我的情感，我的时间与精力，当然只有钻向书本子去的一条出路。于是几个由零用钱里节省下来的仅少的金钱，就做了我的唯一娱乐积买旧书的源头活水。

那时候的杭州的旧书铺，都聚集在丰乐桥，梅花碑的两条直角形的街上。每当星期假日的早晨，我仰卧在床上，计算计算在这一礼拜里可以省下来的金钱，和能够买到的最经济最有用的册籍，就先可以得着一种快乐的预感。有时候在书店门前徘徊往复,稽延得久了,赶不上回宿舍来吃午饭,手里夹了书籍上大街羊汤饭店间壁的小面馆去吃一碗清面,心里可以同时感到十分的懊恨与无限的快慰。恨的是一碗清面的几个铜子的浪费,快慰的是一边吃面一边翻阅书本时的那一刹那的恍惚;这恍惚之情,大约是和哥伦布当发现新大陆的时候所感到的一样。

真正指示我以做诗词的门径的,是《留青新集》里的《沧浪诗话》和《白香词谱》。《西湖佳话》中的每一篇短篇,起码我总读了两遍以上。以后是流行本的各种传奇杂剧了,我当时虽则还不能十分欣赏它们的好处,但不知怎么,读了之后的那一种朦胧的回味,仿佛是当三春天气,喝醉了几十年陈的醇酒。

既与这些书籍发生了暧昧的关系,自然不免要养出些不自然的私生儿子!在嘉兴也曾经试过的稚气满幅的五七言诗句,接二连三地在一册红格子的作文簿上写满了;有时候兴奋得厉害,晚上还妨碍了睡觉。

模仿原是人生的本能,发表欲,也是同吃饭穿衣一样地强的青年作者内心的要求。歌不像歌诗不像诗的东西积得多了,第二步自然是向各报馆的匿名的投稿。

一封信寄出之后,当晚就睡不安稳了,第二天一早起来,就溜到阅报室去看报有没有送来。早餐上课之类的事情,只能说是一种日常行动的反射作用;舌尖上哪里还感得出滋味?讲堂上更哪里还有心思去听讲?下课铃一摇,又只是逃命似地向阅报室的狂奔。

　　第一次的投稿被采用的，记得是一首模仿宋人的五古，报纸是当时的《全浙公报》。当看见了自己缀联起来的一串文字，被植字工人排印出来的时候，虽然是用的匿名，阅报室里也决没有人会知道作者是谁，但心头正在狂跳着的我的脸上，马上就变成了朱红。洪的一声，耳朵里也响了起来，头脑摇晃得像坐在船里。眼睛也没有主意了，看了又看，看了又看，虽则从头至尾，把那一串文字看了好几遍，但自己还在疑惑，怕这并不是由我投去的稿子。再狂奔出去，上操场去跳绕一圈，回来重新又拿起那张报纸，按住心头，复看一遍，这才放心，于是乎方始感到了快活，快活得想大叫起来。

　　当时我用的假名很多很多，直到两三年后，觉得投稿已经有七八成的把握了，才老老实实地用上了我的真名实姓。大约旧报纸的收藏家，圈起二十几年前的《全浙公报》《之江日报》以及上海的《神州日报》来，总还可以看到我当时所做的许多狗屁不通的诗句。现在我非但旧稿无存，就是一联半句的字眼也想不起来了，与当时的废寝忘食的热心情形来一对比，进步当然可以说是进了步，但是老去的颓唐之感，也着实可以催落我几滴自伤的眼泪。

　　就在那一年（一九〇九年）的冬天，留学日本的长兄回到了北京，以小京官的名义被派上了法部去行走。入陆军小学的第二

第三章
我触摸过一个人孤独的恐惧，可人总要学会独自面对

位哥哥，也在这前后毕了业，入了一处隶属于标统底下的旁系驻防军队，而任了排长。

一文一武的这两位芝麻绿豆官的哥哥，在我们那小小的县里，自然也耸动了视听；但因家里的经济，稍稍宽裕了一点的结果，在我的求学程序上，反而促生了一种意外的脱线。

在外面的学堂里住足了一年，又在各报上登载了几次诗歌之后，我自以为学问早就超出了和我同时代的同年辈者，觉得按步就班的和他们在一道读死书，是不上算也是不必要的事情。所以到了宣统二年（一九一〇年）的春期始业的时候，我的书桌上竟收集起了一大堆大学中学招考新生的简章！比较着，研究着，我真想一口气就读完了当时学部所定的大学及中学的学程。

中文呢，自己以为总可以对付的了；科学呢，在前面也曾经说过，为大家所不重视的；算来算去，只有英文是顶重要而也是我所最欠缺的一门。"好！就专门去读英文罢！英文一通，万事就好办了！"这一个幼稚可笑的想头，就是使我离开了正规的中学，去走教会学堂那一条捷径的原动力。

清朝末年，杭州的有势力的教会学校，有英国圣公会和美国长老会浸礼会的几个系统。而长老会办的育英书院，刚在山水明秀的江干新建校舍，改称大学。头脑简单，只知道崇拜大学这一个名字的我这毛头小子，自然是以进大学为最上的光荣，另外更还有什么奢望哩？但是一进去之后，我的失望，却比在省立的中

学里读死书更加大了。每天早晨，一起床就是祷告，吃饭又是祷告；平时九点到十点是最重要的礼拜仪式，末了又是一篇祷告。《圣经》，是每年级都有的必修重要课目；礼拜天的上午，除出了重病，不能行动者外，谁也要去做半天礼拜。礼拜完后，自然又是祷告，又是查经。这一种信神的强迫，祷告的迭来，以及校内枝节细目的窒塞，想是在清朝末年曾进过教会学校的人，谁都晓得的事实，我在此地落得可以不说。

  这种叩头虫似的学校生活，过上两月，一位解放的福音宣传者，竟从免费读书的候补牧师中间，揭起叛旗来了；原因是为了校长偏护厨子，竟被厨子殴打了学膳费全纳的不信教的学生。

  学校风潮的发生，经过，和结局，大抵都是一样的；起始总是全体学生的罢课退校，中间是背盟者的出来复课，结果便是几个强硬者的开除。不知是幸呢还是不幸，在这一次的风潮里，我也算是强硬者的一个。

再剖 / 徐志摩

你们知道喝醉了想吐吐不出或是吐不爽快的难受不是?这就是我现在的苦恼:肠胃里一阵阵的作恶,腥腻从食道里往上泛,但这喉关偏跟你别扭,它捏住你,逼住你,逗着你——不,它且不给你痛快哪!前天那篇《自剖》,就比是哇出来的几口苦水,过后只是更难受,更觉着往上冒。我告你我想要怎么样。

我要孤寂:要一个静极了的地方——森林的中心,山洞里,牢狱的暗室里——再没有外界的影响来逼迫或引诱你的分心,再不须计较旁人的意见,喝彩或是嘲笑;当前唯一的对象是你自己:你的思想,你的感情,你的本性。

那时它们再不会躲避,不曾隐遁,不曾装作;赤裸裸的听凭你察看、检验、审问。你可以放胆解去你最后的一缕遮盖,袒露你最自怜的创伤,最掩讳的私衷。那才是你痛快一吐的机会。

但我现在的生活情形不容我有那样一个时机。白天太忙(在人前一个人的灵性永远是蜷缩在壳内的蜗牛），到夜间，比如此刻，静是静了，人可又倦了，惦着明天的事情又不得不早些休息。啊，我真羡慕我台上放着那块唐砖上的佛像，他在他的莲台上瞑目坐着，什么都摇不动他那入定的圆澄。我们只是在烦恼网里过日子的众生，怎敢企望那光明无碍的境界！有鞭子下来，我们躲；见好吃的，我们唾涎；听声响，我们着忙；逢着痛痒，我们着恼。我们是鼠、是狗、是刺猬、是天上星星与地上泥土间爬着的虫。哪里有工夫，即使你有心想亲近你自己？哪里有机会，即使你想痛快的一吐？

前几天也不知无形中经过几度挣扎，才呕出那几口苦水，这在我虽则难受还是照旧，但多少总算是发泄。事后我私下觉得愧悔，因为我不该拿我一己苦闷的骨鲠，强读者们陪着我吞咽。是苦水就不免熏蒸的恶味。我承认这完全是我自私的行为，不敢望恕的。我唯一的解嘲是这几口苦水的确是从我自己的肠胃里呕出——不是去脏水桶里舀来的。我不曾期望同情，我只要朋友们认识我的深浅——（我的浅？）我最怕朋友们的容宠容易形成一种虚拟的期望；我这操刀自剖的一个目的，就在及早解卸我本不该扛上的担负。

是的，我还得往底里挖，往更深处剖。

最初我来编辑副刊，我有一个愿心。我想把我自己整个儿交给能容纳我的读者们，我心目中的读者们，说实话，就只这时代的青年。我觉着只有青年们的心窝里有容我的空隙，我要偎着他们的热血，听他们的脉搏。我要在我自己的情感里发见他们的情感，在我自己的思想里反映他们的思想。假如编辑的意义只是选稿、配版、付印、拉稿，那还不如去做银行的伙计——有出息得多。我接受编辑晨副的机会，就为这不单是机械性的一种任务。（感谢晨报主人的信任与容忍），晨报变了我的喇叭，从这管口里我有自由吹弄我古怪的不调谐的音调，它是我的镜子，在这平面上描画出我古怪的不调谐的形状。我也决不掩讳我的原形；我就是我。记得我第一次与读者们相见，就是一篇供状。我的经过，我的深浅，我的偏见，我的希望，我都曾经再三的声明，怕是你们早听厌了。但初起我有一种期望是真的——期望我自己。也不知那时间为什么原因我竟有那活棱棱的一副勇气。我宣言我自己跳进了这现实的世界，存心想来对准人生的面目认他一个仔细。我信我自己的热心（不是知识）多少可以给我一些对敌力量的。我想拼这一天，把我的血肉与灵魂，放进这现实世界的磨盘里去捱，锯齿下去拉，——我就要尝那味儿！只有这样，我想才可以期望我主办的刊物多少是一个有生命气息的东西；才可以期望在作者与读者间发生一种活的关系；才可以期望读者们觉着这一长条报纸与黑的字印的背后，的确至少有一个活着的人与一个动着的心，他的把握是在你的腕上，他的呼吸吹在你的脸上，他的欢喜，他的惆怅，他的迷惑，他的伤悲，就比是你自己的，的确是从一个可认识的主体上发出来的变化——是站在台上人的姿态，——不是投射在白幕上的虚影。

并且我当初也并不是没有我的信念与理想。有我崇拜的德性，有我信仰的原则，有我爱护的事物，也有我痛疾的事物。往理性的方向走，往爱心与同情的方向走，往光明的方向走，往真的方向走，往健康快乐的方向走，往生命，更多更大更高的生命方向走——这是我那时的一点"赤子之心"。我恨的是这时代的病象，什么都是病象：猜忌、诡诈、小巧、倾轧、挑拨、残杀、互杀、自杀、忧愁、作伪、肮脏。我不是医生，不会治病；我就有一双手，趁它们活灵的时候，我想，或许可以替这时代打开几扇窗，多少让空气流通些，浊的毒性的出去，清醒的洁净的进来。

但紧接着我的狂妄的招摇，我最敬畏的一个前辈（看了我的吊刘叔和文）就给我当头一棒：……既立意来办报而且郑重宣言"决意改变我对人的态度"，那么自己的思想就得先磨冶一番，不能单凭主觉，随便说了就算完事。迎上前去，不要又退了回来！一时的兴奋，是无用的，说话越觉得响亮起劲，跳踯有力，其实即是内心的虚弱，何况说出衰颓懊丧的语气，教一般青年看了，更给他们以可怕的影响，似乎不是志摩这番挺身出马的本意！……

迎上前去，不要又退了回来！这一喝这几个月来就没有一天不在我"虚弱的内心"里回响。实际上自从我喊出"迎上前去"以后，即使不曾撑开了往后退，至少我自己觉不得我的脚步曾经向前挪动。今天我再不能容我自己这梦梦的下去。算清亏欠，在还算得清的时候，总比窝着混着强。我不能不自剖。冒着"说出衰颓懊丧的语气"的危险，我不能不利用这反省的锋刃，劈去纠着我心身的累赘、淤积，或许这来倒有自我真得解放的希望？

想来这做人真是奥妙。我信我们的生活至少是复性的。看得见，觉得着的生活是我们的显明的生活，但同时另有一种生活，跟着知识的开豁逐渐胚胎、成形、活动，最后支配前一种的生活比是我们投在地上的身影，跟着光亮的增加渐渐由模糊化成清晰，形体是不可捉的，但它自有它的奥妙的存在，你动它跟着动，你不动它跟着不动。在实际生活的匆遽中，我们不易辨认另一种无形的生活的并存，正如我们在阴地里不见我们的影子；但到了某时候某境地忽的发见了它，不容否认的踵接着你的脚跟，比如你晚间步月时发见你自己的身影。它是你的性灵的或精神的生活。你觉到你有超实际生活的性灵生活的俄顷，是你一生的一个大关键！你许到极迟才觉悟（有人一辈子不得机会），但你实际生活中的经历、动作、思想，没有一丝一屑不同时在你那跟着长成的性灵生活中留着"对号的存根"，正如你的影子不放过你的一举一动，虽则你不注意到或看不见。

我这时候就比是一个人初次发见他有影子的情形。惊骇、讶异、迷惑、耸悚、猜疑、恍惚同时并起，在这辨认你自身另有一个存在的时候。我这辈子只是在生活的道上盲目的前冲，一时踹入一个泥潭，一时踏折一支草花，只是这无目的的奔驰；从哪里来，向哪里去，现在在那里，该怎么走，这些根本的问题却从不曾到我的心上。但这时候突然的、恍然的我惊觉了。

仿佛是一向跟着我形体奔波的影子忽然阻住了我的前路，责问我这匆匆的究竟是为什么！

一种新意识的诞生。这来我再不能盲冲，我至少得认明来踪与去迹，该怎样走法如其有目的地，该怎样准备如其前程还在遥远？

啊，我何尝愿意吞这果子，早知有这多的麻烦！现在我第一要考查明白的是这"我"究竟是怎么一回事；然后再决定掉落在这生活道上的"我"的赶路方法。以前种种动作是没有这新意识做主宰的；此后，什么都得由它。

北国的微音 / 郁达夫

　　北国的寒宵，实在是沉闷得很，尤其是像我这样的不眠症者，更觉得春夜之长。似水的流年，过去真快，自从海船上别后，匆匆又换了年头。以岁月计算，虽则不过隔了五个足月，然而回想起来，我同你们在上海的历史，好像是隔世的生涯，去今已有几百年的样子。河畔冰开，江南草长，虫鱼鸟兽，各有阳春发动之心，而自称为动物中之灵长，自信为人类中的有思想者的我，依旧是奄奄待毙，没有方法消度今天，更没有雄心欢迎来日。几日前头，有一位日本的新闻记者，来访我的贫居。他问我"为什么要消沉到这个地步？"我问他"你何以不消沉，要从东城跑许多路特来访我？"他说"是为了职务。"我又问他"你的职务，是对谁的？"他说"我的职务，是对国家，对社会的。"我说"那么你就应该知道我的消沉也是对国家，对社会的。现在世上的国家是什么？社会是什么？尤其是我们中国？"他的来访的目的，本来是为问我对于日本对华文化事业的意见如何，中国将来的教育方针如何的，——他之所以来访者，一则因为我在某校里教书，二则因为我在日本住过十多年，或者对于某种事项，略有心得的缘故——后来听了我这一段诡辩，他也把职务丢开，谈了许多无关紧要的闲话走了。他走之后，我一个人衔了纸烟想想，觉得人类社会的许多事情，毕竟是庸人自扰。什么国富兵强，什么和平共乐，都是一班野兽，于饱食之余，在暖梦里织出来的回文锦字。像我这样的生性，在我这样的境遇下的闲人，更有什么可想，什么可做呢？写到这里我又想起T君批评我的话来了，他说"某书的作者，嘲世骂俗，却落得一个牢骚派的美名"。实在我想T君的话，一点儿也不错。人若把我们的那些浅薄无聊的"徒然草"合在一处，加上一个牢骚派的名目，思欲抹杀而厌鄙之，倒反便宜了我们。因为我们的那些东西，本来是同身上的积垢，口中的吐气一样，不期然而然的发生表现出来的，哪里配称作牢骚，更哪里配称作派呢？我读到《歧路》，沫若，觉得你对于自家的艺术的虚视——这虚视两字，我也不知道妥当不妥当，或者用怀疑两字比较得的切吧——也和我一样。不错不错，我这封信，是从友人宴会席上回来，读了《歧路》之后，拿起笔来写的。我写这一封信的动机，原是想和你们谈谈我对于《歧路》的感想的呀！

　　沫若！我觉得人生一切都是虚幻，真真实在的，只有你说

第三章
我触摸过一个人孤独的恐惧,可人总要学会独自面对

的"凄切的孤单",倒是我们人类从生到死味觉得到的唯一的一道实味。就是京沪报章上,为了金钱或者想建筑自家的名誉的缘故,在那里含了敌意,做文章攻击你的人,我仔细替他们一想,觉得他们也在感着这凄切的孤单。唯其感到孤单,所以他们只好做些文章来卖一点金钱,或者竟牺牲了你来博一点小小的名誉,毕竟他们还是人,还是我们的同类,这"孤单"的感觉,终究是逃不了的,所以他们的文章里最含恶意,攻击你最甚的处所,便是他们的孤单感表现得最切的地方。名利的争夺,欲牺牲他人而建立自己的恶心,——简单点说,就说生存竞争吧——依我看来,都是由这"孤单"的感觉催发出来的。人生的实际,既不外乎这"孤单"的感觉,那么表现人生的艺术,当然也不外乎此,因此我近来对于艺术的意见和评价,都和从前不同了。我觉得艺术并没有十分可以推崇的地方,她和人生的一切,也没有什么特异有区别的地方。努力于艺术,献身于艺术,也不须有特别的表现。牢牢捉住了这"孤单"的感觉,细细的玩味,由他写成诗歌小说也好,制成音乐美术品也好,或者竟不写在纸上,不画在布上壁上,不雕在白石上,不奏在乐器上,什么也不表现出来,只教他能够细细的玩味这"孤单"的感觉,便是绝好的"创造"。

仿吾!这一段无聊的废话,你看对不对?我在写这封信之先,刚从一位朋友处的宴会回来,席上遇见了许多在日本和你同

科的自然科学家。他们都已经成了富者,现在是资本家了。我夹在这些衣狐裘者的老同学中间,当然觉得十分的孤独,然而看看他们挟了皮箧,奔走不宁的行动,好像他们也有些在觉得人生的孤寂的样子。我前边不是说过了么?唯其感到孤寂,所以要席不遑暖的去追求名利。然而究竟我不是他们,所以我这主观的推测,也许是错了的。

我现在因为抱有这一种感想,所以什么东西也写不下来,什么东西也不愿意拿来阅读。有时候要想玩味这"凄切的孤单",在日斜的午后,老跑出城外去独步。这里城外多是黄沙的田野,有几处也有清溪断壁,绝似日本郊外未开辟之先的代代木新宿等处。不过这里一堆一堆的黄土小冢,和有钱的人家的白杨松树的坟茔很多,感视少微与日本不同一点。今晚在宴会的席上,在许多鸿儒谈笑的中间,我胸中的感觉,同在这样的白杨衰草的坟地里漫步时一样。不过有一点我觉得比从前进步了;从前我和境遇比我美满的朋友——实际上除你们几个人之外,哪一个境遇比我不美满?——相处,老要起一种感伤,有时竟会滴下泪来。现在非但眼泪不会滴下来,并且也能如他们一样的举起箸来取菜,提起杯来喝酒。不过从前的那一种喜欢谈话的冲动,现在没有了。他们入座,我也就坐,他们吃菜,我也吃菜。劝我喝酒,我就喝,干杯就干杯。席散了,我就回来。雇车雇不着,就慢慢的在黄昏的街道上走。同席者的汽车马车,从我身边过去的时候,他们从车中和我点头，我也回点一头。他们不点头，我也让他们的车子过去，横竖是在后头跟走几步，他们的车子就可以老远的上我前头去的。所以无避人叉路上去的必要。还有一点和从前不同的地方，就是我默默地坐在那里，他们来要求我猜拳的时候，我总笑笑，摇摇头，举起杯来喝一杯酒，教他们去要求坐在我下面的一个人猜。近来喝酒也喝不大醉，醉了也不过默默地走回家来坐坐，吸吸烟，倒点茶喝喝。

今晚的宴会，散得很早，我回家来吸吸烟喝喝茶，觉得还睡不着，所以又拿出了周报的《歧路》来看。沫若！大卫生的诗，实在是做得不坏，不过你的几行诗，我也很喜欢念。你的小孩的那个两脚没有的洋囝，我说还是包包好，寄到日本去吧！回头他们去买一个新的时候，怕又要破费几角钱哩。

昨天一个朋友来说他读到《歧路》，真的眼泪出了。我劝他小心些，这句话不要说出来教人家听见，恐怕有人要说他的眼泪不值钱。他说近来他也感染了一种感伤病，不晓得怎的，感情好像回返小孩子时代去了。说到这里，他忽而眼圈又红了起来，叫了我一声："达夫！我……我可惜没有钱……"我也对他呆看了半晌，后来他一句话也不说，立起身来就走，我也默默地送他出门去了。(这样的朋友，上我这里来的很多。他们近来知道了我的脾气，来的时候，艺术也不谈了，我的几篇无聊的作品和周报季刊的事情也不提起了。有几次我们真有主客两人相对，默默而过半点钟的时候。像这样的 pause 的中间,我觉得我的精神上最感得满足。因为有客人在前头,我一时可以不被那一种独坐时常想出来的无聊的空虚思想所侵蚀,而一边这来客又不在言语,我的听取对话和预备回答的那些麻烦注意可以省去。)不过,沫若!我说你那一篇《歧路》写得很可惜,你若不写出来,你至少可以在那一种浓厚的孤独感里浸润好几天。现在写出了之后,我怕你的那一种"凄切的孤单"之感,要减少了吧?

仿吾!我说你还是保守着独身主义,不要想结婚的好!恐怕你若结了婚,一时要失掉你的这孤独之感。而这孤独之感,依我说来,便是艺术的酵素,或者竟可以说是艺术的本身。所以你若结了婚,怕一时要与艺术违离。讲到这里我怕你要反问我"那么你们呢?你和沫若呢?"是的,我和沫若是一时与艺术离异过的,不过现在我们已经恢复了原来的孤独罢了。

嗳!嗳!不知不觉,已经写到午前三点钟了。

仿吾!沫若!要想写的话,是写不完的,我迟早还是弄几个车钱到上海来一次吧!大约我在北京打算只住到六月,暑假以后,我怎么也要设法回浙江去实行我的乡居的宿愿。若在最近的时期中弄不到车钱,不能够到上海来,那么我们等六月里再见吧!

沉默 / 周作人

林语堂先生说,法国一位演说家劝人缄默,成书30卷为世所笑,所以我现在做讲沉默的文章,想竭力节省,以原稿纸三张为度。

提倡沉默从宗教方面讲来,大约很有材料,神秘主义里很看重沉默,美忒林克便有一篇极妙的文章。但是我并不想这样做,不仅因为怕有拥护宗教的嫌疑,实在是没有这种知识与才力。现在只就人情世故上着眼说一说吧。

沉默的好处第一是省力。中国人说,多说话伤气,多写字伤神。不说话不写字大约是长生之基,不过平常人总不易做到。那么一时的沉默也就很好,于我们大有裨益。30小时草成一篇宏文,连睡觉的时光都没有,第三天必要头痛;演说家在讲台上呼号两点钟,难免口干喉痛,不值得甚矣。若沉默,则可无此种劳苦,——虽然也得不到名声。

沉默的第二个好处是省事。古人说："口是祸门"，关上门，贴上封条，祸便无从发生（"闭门家里坐，祸从天上来"，那只是算是"空气传染"，又当别论）此其利一。自己想说服别人，或是有所辩解，照例是没有什么影响，而且愈说愈渺茫，不如及早沉默，虽然不能因此而说服或辩明，但至少是不会增添误会。又或别人有所陈说，在这方面也照例不很能理解，极不容易答复，这时候沉默是适当的办法之一。古人说不言是最大的理解，这句话或者有深奥的道理，据我想则在我至少可以藏过不理解，而在他就可以有猜想被理解之自由。沉默之好处的好处，此其二。

善良的读者们，不要以为我太玩世（Cynical）了吧。老实说，我觉得人之互相理解是至难——即使不是不可能的事，而表现自己之真实的感情思想也是同样地难。我们说话作文，听别人的话，读别人的文章，以为互相理解了，这是一个聊以自娱的如意的好梦，好到连自己觉到了的时候也不肯立即承认，知道是梦了却还想在梦境中多流连一刻。其实我们这样说话作文无非只是想这样做，想这样聊以自娱，如其觉得没有什么可娱，那么尽可简单地停止。我们在门外草地上翻几个筋斗，想像那对面高楼上的美人看看，（而明知她未必看见），很是高兴，是一种办法；反正她不会看见，不翻筋斗了，且卧在草地上看云吧，这也是一种办法。两种都是对的，我这回是在做第二个题目罢了。

第三章
我触摸过一个人孤独的恐惧,可人总要学会独自面对

我是喜欢翻筋头的人,虽然自己知道翻得不好。但这也只是不巧妙罢了,未必有什么害处,足为世道人心之忧。不过自己的评语总是不大靠得住的,所以在许多知识阶级的道学家看来,我的筋斗都翻得有点不道德,不是这种姿势足以坏乱风俗,便是这个主意近于妨害治安。这种情形在中国可以说是意表之内的事,我们也并不想因此而变更态度,但如民间这种倾向到了某一程度,翻筋斗的人至少也应有想到省力的时候了。

三张纸已将写满,这篇文应该结束了。我费了三张纸来提倡沉默,因为这是对于现在中国的适当办法。——然而原来只是两处办法之一,有时也可以择取另一办法:高兴的时候弄点小把戏,"藉资排遣"。将来别处看有什么机缘,再来噪聒,也未可知。

马蜂的毒刺 / 郁达夫

这几年来，自己因为不能应时豹变，顺合潮流的结果，所以弄得失去了职业，失去了朋友亲人，失去了一切的一切，只剩了孤零丁的一个，落在时代的后面浮沉着。人家要我没落，但肉体却仍旧在维持着它的旧日的作用，不肯好好儿的消亡下去。人家劝我自杀，但穷得连买一点药买一支手枪的余裕都没有，而堕落颓废的我的意志也连竖直耳朵，听一听人家的劝告的毅力都决拿不起来。在这无可奈何的楚歌声里，自然而然，我便成了一个与猪狗一样的一点儿自决心责任心也没有的行尸走肉了，对这一个行尸，人家还在说是什么"运命论者"。

运命论者也好，颓废堕落也没有法子，可是像猪一样的这一块走肉中间，有时候还不能完全把知觉感情等稍为高尚一点的感觉杀死，于是突然之间，就同癫痫病者的发作一样，会有一种很深沉很悲痛的孤寂之感袭上身来。

第三章
我触摸过一个人孤独的恐惧，可人总要学会独自面对

有一天，也是在这一种发作之后，我忽而想起了一位不相识的青年写给我的几封信。这一位好奇的青年，大约也同我一样的在感到孤独罢，他写来的几封满贮着热情的信上，说无论如何总想看一看我这一块走肉。想起了他，那一天早晨，我就借得了几个零用钱，飘然坐上了车，走到了上海最热闹的一个地方去拜访了一次。

两人见到了面，不消说是各有一种欢喜之情感到的。我也一时破了长久沉默的戒，滔滔谈了许多前后不接的闲天，他也全身抖擞了起来，似乎是喜欢得不得了的样子。谈了一会，我觉得饿了，就和他一同出来去吃了一点点心，吃饱了之后又同他走了一圈，谈了半天。

他怎么也不肯和我别去，一定要邀我回到他的旅馆去和他同吃午饭。但可怜的我那时候心里头又起了别的作用了，一时就想去看一回好久没有见到而相约已经有好几次的一位书店里的熟人。我就告诉他说，吃饭是不能同他在一道吃的。他问为什么？我说因为今天是有人约我吃饭的。他问在什么地方？我说在某处某地的书店楼上。他问几点钟？我说正午十二点。因此他就很悲哀地和我在马路上分开了手，我回头来看了几眼，看见他老远的还立在那里目送我的行。

和他分开之后去会到了那位书店的熟人，不幸吃饭的地点临时改变了。我们吃完饭后，坐到了两点多钟才走下楼来。正走到了一处宽广的野道上的时候，我看见前面路上向着我们，太阳光

下有一位横行阔步,好像是兴奋得很的青年在走。走近来一看却正是午前我去访他和他在马路上别去的那位纯直的少年朋友。

他立在我的面前,面色涨得通红,眉毛竖了起来,眼睛里同喷火山似的放出了两道异样的光,全身和两颗骨似乎在格格地发抖,盯视住了我的颜面,半晌说不出话来。两只手是捏紧了拳头垂在肩下的。我也同做了一次窃贼,被抓着了赃证者一样,一时急得什么话也想不出来。两人对头呆立了一阵,终究还是我先破口说:"你上什么地方去?"

他又默默地毒视了我一阵,才大声的喝着说:"你为什么要骗我?你为什么要撒谎?"我看了他那双冒火的眼光,觉得知觉也没有了,神志也昏乱了,不晓回答了他几句什么样的支吾言语,就匆匆逃开了他的面前。但同时在我的脑门的正中,仿佛是感到了一种隐隐的痛楚,仿佛是被一只马蜂放了一针毒刺似的。我觉得这正是一只马蜂的毒刺,因为我在这一次偶尔的失言之中,所感到的苦痛不过是暂时的罢了,而在他的洁白的灵魂之上,怕不得不印上一个极深刻的永也消不去的毒印。听说马蜂尾上的毒刺是只有一次好用的,这是它最后的一件自卫武器,这一次的他岂不也同马蜂一样,受了我的永久的害毒了么?我现在当一个人感到孤独的时候,每要想起这一件事情来,所以近来弄得连无论什么人的信札都不敢开读,无论什么人的地方都不敢去走动了。这一针小小的毒刺,大约是可以把我的孤独钉住,使它随伴我到我的坟墓里去的，细细玩味起来，倒也能够感到一点痛定之后的宽怀情绪，可是那只马蜂，那只已经被我解除了武装的马蜂，却太可怜了，我在此地还只想诚恳地乞求它的饶恕。

论无话可说 / 朱自清

十年前我写过诗；后来不写诗了，写散文；入中年以后，散文也不大写得出了——现在是，比散文还要"散"的无话可说！许多人苦于有话说不出，另有许多人苦于有话无处说；他们的苦还在话中，我这无话可说的苦却在话外。我觉得自己是一张枯叶，一张烂纸，在这个大时代里。

在别处说过，我的"忆的路"是"平如砥""直如矢"的；我永远不曾有过惊心动魄的生活，即使在别人想来最风华的少年时代。我的颜色永远是灰的。我的职业是三个字"教书匠"；我的朋友永远是那么几个，我的女人永远是那么一个。有些人生活太丰富了，太复杂了，会忘记自己，看不清楚自己，我是什么时候都"了了玲玲地"知道，记住，自己是怎样简单的一个人。

但是为什么还会写出诗文呢？虽然都是些废话。这是时代为之！十年前正是五四运动的时期，大伙儿蓬蓬勃勃的朝气，紧

第三章
我触摸过一个人孤独的恐惧，可人总要学会独自面对

逼着我这个年轻的学生；于是乎跟着人家的脚印，也说说什么自然，什么人生。但这只是些范畴而已。我是个懒人，平心而论，又不曾遭过怎样了不得的逆境；既不深思力索，又未亲自体验，范畴终于只是范畴，此处也只是廉价的，新瓶里装旧酒的感伤。当时芝麻黄豆大的事，都不惜郑重地写出来，现在看看，苦笑而已。

先驱者告诉我们说自己的话。不幸这些自己往往是简单的，说来说去是那一套；终于说的听的都腻了。我便是其中的一个。这些人自己其实并没有什么话，只是说些中外贤哲说过的和并世少年将说的话。真正有自己的话要说的是不多的几个人；因为真正一面生活一面吟味那生活的只有不多的几个人。一般人只是生活，按着不同的程度照例生活。

这点简单的意思也还是到中年才觉出的；少年时多少有些热气，想不到这里。中年人无论怎样不好，但看事看得清楚，看得开，却是可取的。这时候眼前没有雾，顶上没有云彩，有的只是自己的路。他负着经验的担子，一步步踏上这条无尽的然而实在的路。他回看少年人那些情感的玩意，觉得一种轻松的意味。他乐意分析他背上的经验，不止是少年时的那些；他不愿远远地捉摸，而愿剥开来细细地看。也知道剥开后便没了那跳跃着的力量，但他不在乎这个，他明白在冷静中有他所需要的。这时候他若偶然说话，决不会是感伤的或印象的，他要告诉你怎样走着

他的路,不然就是,所剥开的是些什么玩意。但中年人是很胆小的;他听别人的话渐渐多了,说了的他不说,说得好的他不说。所以终于往往无话可说——特别是一个寻常的人,像我。但沉默又是寻常的人所难堪的,我说苦在话外,以此。

中年人若还打着少年人的调子,——姑不论调子的好坏——原也未尝不可,只总觉"像煞有介事"。他要用很大的力量去写出那冒着热气或流着眼泪的话;一个神经敏锐的人对于这个是不容易忍耐的,无论在自己在别人。这好比上了年纪的太太小姐们还涂脂抹粉地到大庭广众里去卖弄一般,是殊可不必的了。

其实这些都可以说是废话,只要想一想咱们这年头。这年头要的是"代言人",而且将一切说话的都看作"代言人";压根儿就无所谓自己的话。这样一来,如我辈者,倒可以将从前狂妄之罪减轻,而现在是更无话可说了。

但近来在戴译《唯物史观的文学论》里看到,法国俗语"无话可说"竟与"一切皆好"同意。呜呼,这是多么损的一句话,对于我,对于我的时代!

感伤的行旅 / 郁达夫

一

犹太人的漂泊,听说是上帝制定的惩罚。中欧一带的"寄泊栖"的游行,仿佛是这一种印度支族浪漫尼的天性。大约是这两种意味都完备在我身上的缘故罢,在一处沉滞得久了,只想把包裹雨伞背起,到绝无人迹的地方去吐一口郁气。更况且节季又是霜叶红时的秋晚,天色又是同碧海似的天天晴朗的青天,我为什么不走?我为什么不走呢?

可是说话容易,实践艰难,入秋以后,想走想走的心愿,却起了好久了,而天时人事,到了临行的时节,总有许多阻障出来。八个瓶儿七个盖,凑来凑去凑不周全的,尤其是几个买舟借宿的金钱。我不会吹箫,我当然不能乞食,况且此去,也许在吴头,也许向楚尾,也许在中途被捉,被投交有砂米饭吃有红衣服着的笼中，所以踏上火车之先，我总想多带一点财物在身边，免得为人家看出，看出我是一个无产无职的游民。

旅行之始，还是先到上海，向各处去交涉了半天。等到几个版税拿到在手里，向大街上买就了些旅行杂品的时候，我的灵魂已经飞到了空中：

"Over the hills and far away."

坐在黄包车上的身体，好象在腾云驾雾，扶摇上九万里外去了。头一晚，就在上海的大旅馆里借了一宵宿。

是月暗星繁的秋夜，高楼上看出去，能够看见的，只是些黄苍颓荡的电灯光。当然空中还有许多同蜂衙里出了火似的同胞的杂噪声，和许多有钱的人在大街上驶过的汽车声溶合在一处，在合奏着大都会之夜的"新魔丰腻"，但最触动我这感伤的行旅者的哀思的，却是在同一家旅舍之内，从前后左右的宏壮的房间里发出来的娇艳的肉声，及伴奏着的悲凉的弦索之音。屋顶上飞下来的一阵两阵的比西班牙舞乐里的皮鼓铜琶更野噪的锣鼓响乐，也未始不足以打断我这愁人秋夜的客中孤独，可是同败落头人家的喜事一样，这一种绝望的喧闐，这一种勉强的干兴，终觉得是肺病患者的脸上的红潮，静听起来，仿佛是有四万万的受难的人民，在这野声里啜泣似的，"如此烽烟如此（乐），老夫怀抱若为开"呢？

不得已就只好在灯下拿出一本德国人的游记来躺在床沿上胡

第三章
我触摸过一个人孤独的恐惧,可人总要学会独自面对

乱地翻读……

一七七六,九月四日,来干思堡,侵晨。

早晨三点,我轻轻地偷逃出了卡儿斯罢特,因为否则他们怕将不让我走。

那一群将很亲热地为我做八月廿八的生日的朋友们,原也有扣留住我的权利;可是此地却不可再事淹留下去了。……

这样地跟这一位美貌多才的主人公看山看水,一直的到了月下行车,将从勃伦纳到物洛那(Vom Brenner bis Verona)的时候,我也就在悲凉的弦索声,杂噪的锣鼓声,和怕人的汽车声中昏沉睡着了。

不知是在什么地方,我自身却立在黑沉沉的天盖下俯看海水,立脚处仿佛是危岩巉兀的一座石山。我的左壁,就是一块身比人高的直立在那里的大石。忽而海潮一涨,只见黑黝黝的涡旋,在灰黄的海水里鼓荡,潮头渐长渐高,逼到脚下来了,我苦闷了一阵,却也终于无路可逃,带粘性的潮水,就毫无踌躇地浸上了我的两脚,浸上了我的腿部,腰部,终至于将及胸部而停止了。一霎时水又下退,我的左右又变了石山的陆地,而我身上的一件青袍,却为水浸湿了。在惊怖和懊恼的中间,梦神离去了我,手支着枕头,举起上半身来看看外边的样子,

似乎那些毫无目的，毫无意识，只在大街上闲逛，瞎挤，乱骂，高叫的同胞们都已归笼去了，马路上只剩了几声清淡的汽车警笛之声，前后左右的娇艳的肉声和弦索声也减少了，幽幽寂寂，仿佛从极远处传来似的，只有间隔得很远的竹背牙牌互击的操搭的声音，大约夜也阑了，大家的游兴也倦了罢，这时候我的肚里却也咕噜噜感到了一点饥饿。

披上棉袍，向里间浴室的磁盆里放了一盆热水，漱了一漱口，擦了一把脸，再回到床前安乐椅上坐下，呆看住电灯擦起火柴来吸烟的时候，我不知怎么的陡然间却感到了一种异样的孤独。这也许是大都会中的深夜的悲哀，这也许是中年易动的人生的感觉，但无论如何，我觉得这样的再在旅舍里枯坐是耐不住的了，所以就立起身来，开门出去，想去找一家长夜开炉的菜馆，去试一回小吃。

开门出去，在静寂粉白和病院里的廊子一样的长巷中走了一段，将要从右角转入另一条长廊去的时候，在角上的那间房里，忽而走出了一位二十左右，面色洁白妖艳，一头黑发松长披在肩上，全身象裸着似的只罩着一件金黄长毛丝绒的Negligee的妇人来。这一回的出其不意地在这一个深夜的时间里忽儿和我这样的一个潦倒的中年男子的相遇，大约也使她感到了一种惊异，她起始只张大了两只黑晶晶的大眼，怀疑惊问似的对我看了一眼，继而脸上涨起了红霞。似羞缩地将头俯伏了下去,终于大着胆子向我的身边走过,走到另一间房间里去了。我一个人发了一脸微笑,走转了弯,轻轻地在走向升降机去的中间,耳朵里还听见了一声她关闭房门的声音,眼睛里还保留着她那丰白的圆肩的曲线,和从宽散的她的寝衣中透露出来的胸前的那块倒三角形的雪嫩的白肌肤。

司升降机的工人和在廊子的一角呆坐着的几位茶役,都也睡态朦胧了,但我从高处的六层楼下来,一到了底下出大门去的那条路上;却不料竟会遇见这许多暗夜之子在谈笑取乐的。他们的中间,有的是跟妓女来的龟奴鸨母,有的是司汽车的机器工人,有的是身上还披着绒毯的住宅包车夫,有的大约是专等到了这一个时候,夹入到这些人的中间来骗取一枝两枝香烟,谈谈笑笑藉此过夜的闲人罢,这一个大门道上的小社会里,这时候似乎还正在热闹的黄昏时候一样,而等我走出大门,向东边角上的一家茶馆里坐定,朝壁上的挂钟细细看了一眼时,却已经是午夜的三点钟前了。

吃取了一点酒菜回来,在路上向天空注看了许多回。西边天上,正挂着一钩同镰刀似的下弦残月,东北南三面,从高屋顶的电火中间窥探出去,也还见得到一颗两颗的暗淡的秋星,大约明朝不会下雨这一件事情总可以决定的了。我长啸了一声,心里却感到了一点满足,想这一次的出发也还算不坏,就再从升降机上来,回房脱去了袍袄,沉酣地睡着了四五个钟头。

二

　　几个钟头的酣睡，已把我长年不离身心的疲倦医好了一半了，况且赶到车站的时候，正还是上行特别快车将发未动的九点之前，买了车票，挤入了车座，浩浩荡荡，火车头在晨风朝日之中，将我的身体搬向北去的中间，老是自伤命薄，对人对世总觉得不满的我这时代落伍者，倒也感到了一心的快乐。"旅行果然是好的"，我斜倚着车窗，目视着两旁的躺息在太阳和风里的大地，心里却在这样的想："旅行果然是不错，以后就决定在船窗马背里过它半生生活罢！"

　　江南的风景，处处可爱，江南的人事，事事堪哀，你看，在这一个秋尽冬来的寒月里，四边的草木，岂不还是青葱红润的么？运河小港里，岂不依旧是白帆如织满在行驶的么？还有小小的水车亭子，疏疏的槐柳树林。平桥瓦屋，只在大空里吐和平之气，一堆一堆的干草堆儿，是老百姓在这过去的几个月中间力耕苦作之后的黄金成绩，而车辚辚，马萧萧，这十余年中间，军阀对他们的征收剥夺，掳掠奸淫，从头细算起来，哪里还算得明白？江南原说是鱼米之乡，但可怜的老百姓们，也一并的作了那些武装同志们的鱼米了。逝者如斯，将来者且更不堪设想，你们且看看政府中什么局长什么局长的任命，一般物价的同潮也似的怒升，和印花税地税杂税等名目的增设等，就也可以知其大概了。啊啊，圣明天子的朝廷大事，你这贱民哪有左右容喙的权利,你这无智的牛马,你还是守着古圣昔贤的大训,明哲以保其身,且细赏赏这车窗外面的迷人秋景吧!人家瓦上的浓霜去管它作甚?

车窗外的秋色,已经到了烂熟将残的时候了。而将这秋色秋风的颓废末级,最明显地表现出来的,要算浅水滩头的芦花丛薮,和沿流在摇映着的柳色的鹅黄。当然杞树,枫树,柏树的红叶,也一律的在透露残秋的消息,可是绿叶层中的红霞一抹,即在春天的二月,只教你向树林里去栽几株一丈红花,也就可以酿成此景的。至于西方莲的殷红,则不问是寒冬或是炎夏,只教你培养得宜,那就随时随地都可以将其他树叶的碧色去衬它的朱红,所以我说,表现这大江南岸的残秋的颜色,不是枫林的红艳和残叶的青葱,却是芦花的丰白与岸柳的髭黄。

秋的颜色,也管不得许多,我也不想来品评红白,裁答一重公案,总之对这些大自然的四时烟景,毫末也不曾留意的我们那火车机头,现在却早已冲过了长桥几架,钞过了洋澄湖岸的一角,一程一程的在逼近姑苏台下去了。苏州本来是我侬旧游之地,"一帆冷雨过娄门"的情趣,闲雅的古人,似乎都在称道。不过细雨骑驴,延着了七里山塘,缓缓的去奠拜真娘之墓的那种逸致,实在也尽值得我们的怀忆的。还有日斜的午后,或者上小吴轩去泡一碗清茶,凭栏细数数城里人家的烟灶,或者在冷红阁上,开开它朝西一带的明窗,静静儿的守着夕阳的晼晚西沉,也是尘俗都消的一种游法。我的此来,本来是无遮无碍的放浪的闲行,依理是应该在吴门下榻,离沪的第一晚是应该去听听寒山寺里的夜半清钟的,可是重阳过后,这近边又有了几次农工暴动的风声,军警们提心吊胆,日日在搜查旅客,骚扰居民,象这样的暴风雨将到未来的恐怖期间,我也不想再去多劳一次军警先生的驾了,所以车停的片刻时候,我只在车里跑上先跑落后的看了一回虎丘的山色,想看看这本来是不高不厚的地皮,究竟有没有被那些要人们刮尽。但是还好,那一堆小小的土山,依旧还在那里点缀苏州的景致。不过塔影萧条,似乎新来瘦了,它不会病酒,它不会悲秋,这影瘦的原因,大约总是因为日脚行到了天中的缘故罢。拿出表来一看,果然已经是十一点多钟,将近中午的时刻了。

　　火车离去苏州之后,路线的两边,耸出了几条绀碧的山峰来。在平淡的上海住惯的人,或者本来是从山水中间出来,但为生活所迫,就不得不在看不见山看不见水的上海久住的人们,大约到此总不免要生出异样的感觉来的吧,同车的有几位从上海来的旅客,一样的因看见了那西南一带的连山而在作点头的微笑。啊啊,人类本来就是大自然的一部分细胞,只教天性不灭,决没有一个会对了这自然的和平清景而不想赞美的,所以那些卑污贪暴的军阀委员要人们,大约总已经把人性灭尽了的缘故罢,他们只知道要打仗,他们只知道要杀人,他们只知道如何的去敛钱争势夺权利用,他们只知道如何的来破坏农工大众的这一个自然给与我们的伊甸园。啊吓,不对,本来是在说看山的,多嘴的小子,却又破口牵涉起大人先生们的狼心狗计来了,不说罢,还是不说罢,将近十二点了,我还是去炒盘芥莉鸡丁弄瓶"苦配"啤酒来浇浇魂磊的好。

三

正吞完最后的一杯苦酒的时候,火车过了一个小站,听说是无锡就在眼前了。

天下第二泉水的甘味,倒也没有什么可以使人留恋的地方。但震泽湖边的芦花秋草,当这一个肃杀的年时,在理想上当然是可以引人入胜的,因为七十二山峰的峰下,处处应该有低浅的水滩,三万六千顷的周匝,少算算也应该有千余顷的浅渚,以这一个统计来计算太湖湖上的芦花,那起码要比扬子江河身的沙渚上的芦田多些。我是曾在太平府以上九江以下的扬子江头看过伟大的芦花秋景的,所以这一回很想上太湖去试试运气看,看我这一次的臆测究竟有没有和事实相合的地方。这样的决定在无锡下车之后,倒觉得前面相去只几里地的路程特别的长了起来,特别快车的速度也似乎特别慢起来了。

无锡究竟是出大政客的实业中心地,火车一停,下来的人竟占了全车的十分之三四。我因为行李无多,所以一时对那些争夺人体的黄包车夫们都失了敬，一个人踏出站来，在荒地上立了一会，看了一出猴子戴面具的把戏，想等大伙的行客散了，再去叫黄包车直上太湖边去。这一个战略，本是我在旅行的时候常用常效的方法，因为车刚到站，黄包车价总要比平时贵涨几倍，等大家散尽，车夫看看不得不等第二班车了，那他的价钱就会低让一点，可以让到比平时只贵两成三成的地步。况且从车站到湖滨，随便走哪一条路，总要走半个钟头才能走到，你若急切的去叫车，那客气一点的车夫，会索价一块大洋，不客气的或者竟会说两块三块都不定的。所以夹在无锡的市民中间，上车站前头的那块荒地上去看一出猴犬两明星合演的拿手好戏，也是一件有意义的事情，因为我在看把戏的中间就在摆布对车夫的战略了。殊不知这一次的作战，我却大大的失败了。

原来上行特别快车到站是正午十二点的光景，这一班车过后，则下行特快的到来要在下午的一点半过，车夫若送我到湖边去呢，那下半日的他的买卖就没有了，要不是有特别的好处，大家是不愿意去的。况且时刻又来得不好，正是大家要去吃饭缴车的时候，所以等我从人丛中挤攒出来，想再回到车站前头去叫车的当儿，空洞的卵石马路上，只剩了些太阳的影子，黄包车夫却一个也看不见了。

没有办法，只好唱着"背转身，只埋怨，自己做差"而慢慢的踱过桥去，在无锡饭店的门口，反出了一个更贵的价目，

第三章
我触摸过一个人孤独的恐惧,可人总要学会独自面对

才叫着了一乘黄包车拖我到了迎龙桥下。从迎龙桥起,前面是宽广的汽车道了,两公司的驶往梅园的公共汽车,隔十分就有一乘开行,并且就是不坐汽车,从迎龙桥起再坐小照会的黄包车去,也是十分舒适的。到了此地,又是我的世界了,而实际上从此地起,不但有各种便利的车子可乘,就是叫一只湖船,叫它直摇出去,到太湖边上去摇它一晚,也是极容易办到的事情,所以在一家新的公共汽车行的候车的长凳上坐下的时候,我心里觉得是已经到了太湖边上的样子。

开原乡一带,实在是住家避世的最好的地方。九龙山脉,横亘在北边,锡山一塔,障得往东来的烟灰煤气,西南望去,不是龙山山脉的蜿蜒的余波,便是太湖湖面的镜光的返照。到处有桑麻的肥地,到处有起屋的良材,耕地的整齐,道路的修广,和一种和平气象的横溢,是在江浙各农区中所找不出第二个来的好地。可惜我没有去做官,可惜我不曾积下些钱来,否则我将不买阳羡之田,而来这开原乡里置它的三十顷地。营五亩之居,筑一亩之室。竹篱之内,树之以桑,树之以麻,养些鸡豚羊犬,好供岁时伏腊置酒高会之资;酒醉饭饱,在屋前的太阳光中一躺,更可以叫稚子开一开留声机器,听听克拉衣斯勒的提琴的慢调或卡儿骚的高亢的悲歌。若喜欢看点新书,那火车一搭,只教有半日工夫,就可以到上海的璧恒、别发,去买些最近出版的优美的书来。这一点卑卑的愿望,啊啊,这一点在大人先生的眼里看起

来，简直是等于矮子的一个小脚指头般大的奢望，我究竟要在何年何月，才享受得到呢？罢罢，这样的在公共汽车里坐着，这样的看看两岸的疾驰过去的桑田，这样的注视注视龙山的秋景，这样的吸收吸收不用钱买的日色湖光，也就可以了，很可以了，我还是不要作那样的妄想，且念首清诗，聊作个过屠门的大嚼罢！

Mine be a cot beside the hill

A bee-hive's hum shall soothe my ear;

A willowy brook that turns a mill,

With many a fall shall linger near.

The swallow, oft, beneath my thatch

Shall twitter from her clay-built nest;

Oft shall the pilgrim lift the latch,

And share my meal, a welcome guest.

Around my ivied porch shall spring

Each fragrant flower that drinks the dew,

And Lucy, at her wheel, shall sing

In russet-gown and apron blue.

The village-church among the trees,

Where first our marriage-vows were given,

With merry peals shall swell the breeze

And point with taper spire to Heaven.

这样的在车窗口同诗里的蜜蜂似的哼着念着，我们的那乘公共汽车，已经驶过了张巷荣巷，驶过了一支小山的腰岭，到了梅园的门口了。

四

梅园是无锡的大实业家荣氏的私园，系筑在去太湖不远的一支小山上的别业，我的在公共汽车里想起的那个愿望，他早已大规模地为我实现造好在这里了；所不同者，我所想的是一间小小的茅篷，而他的却是红砖的高大的洋房，我是要缓步以当车，徒步在那些桑麻的野道上闲走的，而他却因为时间是黄金就非坐汽车来往不可的这些违异。然而人同此心，心同此理，看将起来，有钱的人的心理，原也同我们这些无钱无业的闲人的心理是一样的，我在此地要感谢荣氏的竟能把我的空想去实现而造成这一个梅园，我更要感谢他既造成之后而能把它开放，并且非但把它开放，而又能在梅园里割出一席地来租给人家，去开设一个接待来游者的公共膳宿之场。因为这一晚我是决定在梅园里的太湖饭店内借宿的。

大约到过无锡的人总该知道，这附近的别墅的位置，除了刚才汽车通过的那支横山上的一个别庄之外，要算这梅园的位置算顶好了。这一条小小的东山，当然也是龙山西下的波脉里的一条，南去太湖，约只有小三里不足的路程，而在这梅园的高处，如招鹤坪前，太湖饭店的二楼之上，或再高处那荣氏的别墅楼头，南窗开了，眼下就见得到太湖的一角，波光容与，时时与独山，管社山的山色相掩映。至于园里的瘦梅千树，小榭数间，和曲折的路径，高而不美的假山之类，不过尽了一点点缀的余功，并不足以语园林营造的匠心之所在的。所以梅园之胜，在它的位置，在它的与太湖的接而又离，离而又接的妙处，我的不远数十里的奔波，定要上此地来借它一宿的原因，也只想利用利用这一点特点而已。

在太湖饭店的二楼上把房间开好，喝了几杯既甜且苦的惠泉山酒之后，太阳已有点打斜了，但拿出表来一看，时间还只是午后的两点多钟。我的此来，原想看一看一位朋友所写过的太湖的落日，原想看看那落日与芦花相映的风情的，若现在就赶往湖滨，那未免去得太早，后来怕要生出久候无聊的感想来。所以走出梅园，我就先叫了一乘车子，再回到惠山寺去，打算从那里再由别道绕至湖滨，好去赶上看湖边的落日。但是锡山一停，惠山一转，遇见了些无聊的俗物在惠山泉水旁的大嚼豪游，及许多武装同志们的沿路的放肆高笑，我心里就感到了一心的不快，正同被强人按住在脚下，被他强塞了些灰土尘污到肚里边去的样子，我的脾气又发起来了，我只想登到无人来得的高山之上去尽情吐泻一番，好把肚皮里的抑郁灰尘都吐吐干净。穿过了惠山的后殿，一步一登，朝着只有斜阳和衰草在弄情调戏的濯濯的空山，

第三章
我触摸过一个人孤独的恐惧，可人总要学会独自面对

不晓走了多少时候，我竟走到了龙山第一峰的头茅篷外了。目的总算达到了，惠山锡山寺里的那些俗物，都已踏踢在我的脚下。四大皆空，头上身边，只剩了一片蓝苍的天色和清淡的山岚。在此地我可以高啸，我可以俯视无锡城里的几十万为金钱名誉而在苦斗的苍生，我可以任我放开大口来骂一阵无论哪一个凡为我所疾恶者，骂之不足，还可以吐他的面，吐面不足，还可以以小便来浇上他的身头。我可以痛哭，我可以狂歌，我等爬山的急喘回复了一点之后，在那块头茅篷前的山峰头上竟一个人演了半日的狂态，直到喉咙干哑，汗水横流，太阳也倾斜到了很低很低的时候为止。

气竭力嘶，狂歌高叫的声音停后，我的两只本来是为我自己的噪聒弄得昏昏的耳里，忽而沁的钻入了一层寂静，风也无声，日也无声，天地草木都仿佛在一击之下变得死寂了。沉默，沉默，沉默，沉默，空处都只是沉默。我被这一种深山里的静寂压得怕起来了，头脑里却起了一种很可笑的后悔。"不要这世界完全被我骂得陆沉了哩？"我想，"不要山鬼之类听了我的啸声来将我接受了去，接到了他们的死灭的国里去了哩？"我又想，"我在这里踏着的不要不是龙山山头，不要是阴间的滑油山之类哩？"我再想。于是我就注意看了看四边的景物，想证一证实我这身体究竟还是仍旧活在这卑污满地的阳世呢，还是已经闯入了那个鬼也在想革命而谋做阎王的阴间。

朝东望去,远散在锡山塔后的,依旧是千万的无锡城内的民家和几个工厂的高高的烟突,不过太阳斜低了,比起午前的光景来,似乎加添了一点倦意。俯视下去,在东南的角里,桑麻的林影,还是很浓很密的,并且在那条白线似的大道上,还有行动的车类的影子在那里前进呢,那么至少至少,四周都只是死灭的这一个观念总可以打破了。我宽了一宽心,更掉头朝向了西南,太阳落下了,西南全面,只是眩目的湖光,远处银蓝蒙涳,当是湖中间的峰面的暮霭,西面各小山的面影,也都变成了紫色了。因为看见了斜阳,看见了斜阳影里的太湖,我的已经闯入了死界的念头虽则立时打消,但是日暮途穷,只一个人远处在荒山顶上的一种实感,却油然的代之而起。我就伸长了脖子拚命的查看起四面的路来,这时候我实在只想找出一条近而且坦的便道,好遵此便道而赶回家去。因为现在我所立着的,是龙山北脉在头茅篷下折向南去的一条支岭的高头,东西南三面只是岩石和泥沙,没有一条走路的。若再回至头茅篷前,重沿了来时的那条石级,再下至惠山,则无缘无故便白白的不得不多走许多的回头曲路,大丈夫是不走回头路的,我一边心里虽在这样的同小孩子似的想着,但实在我的脚力也有点虚竭了。"啊啊,要是这儿有一所庵庙的话,那我就可以不必这样的着急了。"我一边尽在看四面的地势,一边心里还在作这样的打算,"这地点多么好啊,东面可以看无锡全市,西

第三章
我触摸过一个人孤独的恐惧，可人总要学会独自面对

面可以见太湖的夕阳，后面是头茅篷的高顶，前面是朝正南的开原乡一带的村落，这里比起那头茅篷来，形势不晓要好几十倍。无锡人真没有眼睛，怎么会将这一块龙山南面的平坦的山岭这样的弃置着，而不来造一所庵庙的呢？唉唉，或者他们是将这一个好地方留着，留待我来筑室幽居的吧？或者几十年后将有人来，因我今天的在此一哭而为我起一个痛哭之台而与我那故乡的谢氏西台来对立的吧？哈哈，哈哈。不错，很不错。"末后想到了这一个夸大妄想狂者的想头之后，我的精神也抖擞起来了，于是拔起脚跟，不管它有路没有路，只是往前向那条朝南斜拖下去的山坡下乱走。结果在乱石上滑坐了几次，被荆棘钩破了一块小襟和一双线袜，跳过了几块岩石，不到三十分钟，我也居然走到了那支荒山脚下的坟堆里了。

到了平地的坟树林里来一看，西天低处太阳还没有完全落尽，走到了离坟不远的一个小村子的时候，我看了看表，已经是五点多了。村里的人家，也已经在预备晚餐，门前晒在那里的干草豆萁，都已收拾得好好，老农老妇，都在将暗未暗的天空下，在和他们的孙儿孙女游耍。我走近前去，向他们很恭敬的问了问到梅园的路径，难得他们竟有这样的热心，居然把我领到了通汽车的那条大道之上。等我雇好了一乘黄包车坐上，回头来向他们道谢的时候，我的眼角上却又扑簌簌地滚下了两粒感激的大泪来。

五

　　山居清寂，梅园的晚上，实在是太冷静不过。吃过了晚饭，向庭前去一走，只觉得四面都是茫茫的夜雾和每每的荒田，人家也看不出来，更何况乎灯烛辉煌的夜市。绕出园门，正想拖了两只倦脚走向南面野田里去的时候，在黄昏的灰暗里我却在门边看见了一张有几个大字写在那里的白纸。摸近前去一看，原来是中华艺大的旅行写生团的通告。在这中华艺大里，我本有一位认识的画家C君在那里当主任的，急忙走回饭店，教茶房去一请，C君果然来了。我们在灯下谈了一会，又出去在园中的高亭上站立了许多时候，这一位不趋时尚，只在自己精进自己的技艺的画家，平时总老是讷讷不愿多说话的，然而今天和我的这他乡的一遇，仿佛把他的习惯改过来了，我们谈了些以艺术作了招牌，拚命的在运动做官做委员的艺术家的行为。我们又谈到了些设了很好听的名目，而实际上只在骗取青年学子的学费的艺术教育家的心迹。我们谈到了艺术的真髓，谈到了中国的艺术的将来，谈到了革命的意义，谈到了社会上的险恶的人心，到了叹声连发，不忍再谈下去的时候，高亭外的天色也完全黑了。两人伸头出去，默默地只看了一回天上的几颗早见的明星。我们约定了下次到上海时，再去江湾访他的画室的日期，就各自在黑暗里分手走了。

　　大约是一天跑路跑得太多了的缘故罢，回旅馆来一睡，居然身也不翻一个，好好儿的睡着了。约莫到了残宵二三点钟的光

第三章
我触摸过一个人孤独的恐惧,可人总要学会独自面对

景,槛外的不知哪一个庙里来的钟声,尽是当当当当的在那里慢击。我起初梦醒,以为附近报火的钟声,但披衣起来,到室外廊前去一看,不但火光看不出来,就是火烧场中老有的那一种叫噪的人号狗吠之声也一些儿听它不出。庭外如云如雾,静浸着一庭残月的清光。满屋沉沉,只充满着一种遥夜酣眠的呼吸。我为这钟声所诱,不知不觉,竟扣上了衣裳,步出了庭前,将我的孤零的一身,浸入了仿佛是要粘上衣来的月光海里。夜雾从太湖里蒸发起来了,附近的空中,只是白茫茫的一片。叉桠的梅树林中,望过去仿佛是有人立在那里的样子。我又慢慢的从饭店的后门,步上了那个梅园最高处的招鹤坪上。南望太湖,也辨不出什么形状来,不过只觉得那面的一块空阔的地方,仿佛是由千千万万的银丝织就似的,有月光下照的清辉,有湖波返射的银箭,还有如无却有,似薄还浓,一半透明,一半粘湿的湖雾湖烟,假如你把身子用力的朝南一跳,那这一层透明的白网,必能悠扬地牵举你起来,把你举送到王母娘娘的后宫深处去似的。这是我当初看了那湖天一角的景象的时候的感想。但当万籁无声的这一个月明的深夜,幽幽地慢慢地,被那远寺的钟声,当喻,当喻的接连着几回有韵律似的催告,我的知觉幻想,竟觉得渐渐地渐渐地麻木下去了,终至于什么也不想,什么也不干,两只脚柔软地跪坐了下去,眼睛也只同呆了似的钉视住了那悲哀的残月不能动了。宗教的神秘,人性的幽幻,大约是指这样的时候的这一种心理状态

而说的吧,我象这样的和耶稣教会的以马内利的圣像似的,被那幽婉的钟声,不知魔伏了许多时,直到钟声停住,木鱼声发,和尚——也许是尼姑——的念经念咒的声音幽幽传到我耳边的时候,方才挺身立起,回到了那旅馆的居室里来,这时候大约去天明总也已经不远了吧?

回房不知又睡着了几个钟头,等第二次醒来的时候,前窗的帷幕缝中却漏入了几行太阳的光线来。大约时候总也已不早了,急忙起来预备了一下,吃了一点点心,我就出发到太湖湖上去。天上虽各处飞散着云层,但晴空的缺处,看起来仍可以看得到底的,所以我知道天气总还有几日好晴。不过太阳光太猛了一点,空气里似乎有多量的水蒸气含着,若要登高处去望远景,那象这一种天气是不行的,因为晴而不爽,你不能从厚层的空气里辨出远处的寒鸦林树来,可是只要看看湖上的风光,那象这样的晴天,也已经是尽够的了。并且昨晚上的落日没有看成,我今天却打算牺牲它一天的时日,来试试太湖里的远征,去找出些前人所未见的岛中僻景来,这是当走出园门,打杨庄的后门经过,向南走入野田,在走上太湖边上去的时候的决意。

太阳升高了,整洁的野田里已有早起的农夫在辟土了。行经过一块桑园地的时候,我且看见了两位很修媚的姑娘,头上罩着了一块白布,在用了一根竹杆,打下树上的已经黄枯了的桑叶来。听她们说这也是蚕妇的每年秋季的一种工作,因为枯

第三章
我触摸过一个人孤独的恐惧，可人总要学会独自面对

叶在树上悬久了，那老树的养分不免要为枯叶吸几分去，所以打它们下来是很要紧的，并且黄叶干了，还可以拿去生火当柴烧，也是一举两得的事情。

在野田里的那条通至湖滨的泥路，上面铺着的尽是些细碎的介虫壳儿，所以阳光照射下来，有几处虽只放着明亮的白光，但有几处简直是在发虹霓似的彩色。

象这样的有朝阳晒着的野道，象这样的有林树小山围绕着的空间，况且头上又是青色的天，脚底下并且是五彩的地，饱吸着健康的空气，摆行着不急的脚步，朝南的走向太湖边去，真是多么美满的一幅清秋行乐图呀！但是风云莫测，急变就起来了，因为我走到了管社山脚，正要沿了那条山脚下新辟的步道走向太湖旁的一小湾，俗名五里湖滨的时候，在山道上朝着东面的五里湖心却有两位着武装背皮带的同志和一位穿长袍马褂的先生立在那里看湖面的扁舟。太阳光直射在他们的身上，皮带上的镀镍的金属，在放异样的闪光。我毫不留意地走近前去，而听了我的脚步声将头掉转来的他们中间的武装者的一位，突然叫了我一声，吃了一惊，我张开了大眼向他一看，原来是一位当我在某地教书的时候的从前的学生。

他在学校里的时候本来就是很会出风头的，这几年来际会风云，已经步步高升成了党国的要人了，他的名字我也曾在报上看见过几多次的，现在突然的在这一个地方被他那么的一叫，我真

骇得颜面都变成了土色了。因为两三年来，流落江湖，不敢出头露面的结果，我每遇见一个熟人的时候，心里总要怦怦的惊跳。尤其是在最近被几位满含恶意的新闻记者大书了一阵我的叛党叛国的记载以后，我更是不敢向朋友亲戚那里去走动了。而今天的这一位同志，却是党国的要人，现任的中央机关里的党务委员，若论起罪来，是要从他的手中发落的，冤家路窄，这一关叫我如何的偷逃过去呢？我先发了一阵抖，立住了脚呆木了一下，既而一想，横竖逃也逃不脱了，还是大着胆子迎上去吧，于是就立定主意保持着若无其事的态度，前进了几步，和他握了握手。

"呵！怎么你也会在这里！"我很惊喜似地装着笑脸问他。

"真想不到在这里会见到先生的，近来身体怎么样？脸色很不好哩！"他也是很欢喜地问我。看了他这样态度，我的胆子放大了，于是就造了一篇很圆满的历史出来报告给他听。

我说因为身体不好，到太湖边上来养病已经有二年多了，自从去年夏天起，并且因为闲空不过，就在这里聚拢了几个小学生来在教他们的书，今天是礼拜，所以才出来走走，但吃中饭的时候却非要回去不可的，书房是在城外××桥××巷的第××号，我并且要请他上书房去坐坐，好细谈谈别后的闲天。我这大胆的谎语原也已经听见了他这一番来锡的任务之后才敢说的，因为他说他是来查勘一件重大党务的，在这太湖边上一转，午后还要上苏州去，等下次再有来无锡的机会的时候再来拜访,这是他的遁辞。

他为我介绍了那另外的两位同志,我们就一同的上了万顷堂,上了管社山,我等不到一碗清茶泡淡的时候,就设辞和他们告别了。这样的我在惊恐和疑惧里,总算访过了太湖,游尽了无锡,因为中午十二点的时候我已同逃狱囚似的伏在上行车的一角里在喝压惊的"苦配"啤酒了。这一次游无锡的回味,实在也同这啤酒的味儿差仿不多。

第四章
我们都在等世上唯一挚爱灵魂

宝贝,现在是九点半,
我想你大概已经睡了,我也想要睡了。
心里怪无聊的,天冷下雨,懒得做事,
只想倚在你肩上听你讲话。
如果不是因为这世界有些古怪,
我巴不得永远和你厮守在一起。

宋清如顶不好 / 朱生豪

好人：

　　好像很倒霉的样子，今天一个下午头痛，到现在，嘴里唱唱的时候忘记了痛，以为是好了，一停嘴又痛了起来。顶倒霉的是，你的信昨夜没有藏好，不知一放放在什么地方，再找不到，怨极了，想死。

　　弱者自杀，更弱者笑自杀者为弱者。

　　总之，我待你好。心里很委屈，不多写，祝你好。

伤心的保罗　十一夜

无比的好人：

　　我是怎样欢喜，一个人只要有耐心，不失望，终会胜利的。找了两个黄昏，徒然的翻了一次又一次的抽屉，夜里睡也睡不着，我是失去了我的宝贝。今天早晨在床上，想啊想，想出了一个可能的所在，马上起来找，万一的尝试而已，却果然找到了，找到了！我知道我不会把它丢了的，怎么可以把它丢了呢？

我将更爱你了，为着这两晚的辛苦。

房间墙壁昨天粉刷过，换了奶油色。我告诉你我的房间是怎样的。可以放两张小床和一张书桌，当然还得留一点走路的空隙，是那么的大小，比之普通亭子间是略为大些。陈设很简单，只一书桌、一armchair、一小眠床（已破了勉强支持着用）。书，一部分线装的包起来塞在床底下，一部分放在藤篮里，其余的堆在桌子上；一只箱子在床底下，几件小行李在床的横头。书桌临窗面墙，床在它的对面。推开门，左手的墙上两个镜框，里面是任铭善写的小字野菊诗三十律。向右旋转，书桌一边的墙上参差的挂着三张图画。一张是中国人摹绘的法国哥朗的图画，一个裸女以手承飞溅的泉水，一张是翻印的中国画，一张是近人的水彩风景，因为题目是贵乡的水景，故挂在那里，其实不过是普通的江南景色而已。坐在书桌前，正对面另有雪莱的像、题名为《镜吻》的西洋画，和嘉宝的照相三个小的镜框。再转过身，窗的右面，又是一张彩色的西洋画，印得非常精美。这些图画，都是画报杂志上剪下来的。床一面的墙上，是两个镜框，一个里面是几张友人的照片，题着 Old Familiar Faces，取自 Charles Lamb 的诗句；另一个里面是几张诗社的照片，题着 Paradise Lost，借用 John

Milton 的书名。你和振弟的照片,则放在案头。桌上的书,分为三组,一组是外国书,几乎全部是诗,总集有一本 Century Readings in English Literature、一本《世界诗选》、一本《金库》、一本《近代英美诗选》,别集有莎士比亚、济慈、伊利沙伯·白朗宁、雪莱、华茨渥斯、丁尼孙、斯文朋等,外加《圣经》一本。一组是少少几本中国书,陶诗、庄子、大乘百法明门论、白石词、玉田词、西青散记、儒门法语。除了陶、庄之外,都是别人见赠的,放着以为纪念,并不是真想看。外加屠格涅夫、高尔基和茅盾的《子夜》(看过没有?没看过我送你)。第三组是杂志画报:《文学季刊》《文学月刊》《现代》、Cosmopolitan、Screen Romances、《良友》《万象》《时代电影》等。杂志我买得很多,大概都是软性的,而且有图画的,不值得保存的,把好的图画剪下后,随手丢弃;另外是歌曲集,有外国名歌、中国歌、创作乐曲、电影歌等和流行的单张外国歌曲。桌上有日历、墨水瓶、茶杯和热水瓶。

你好?不病了吧?我怎样想看看你啊!

快乐的亨利 十三

星期六读一本辛克莱的《人生鉴》,文章很好,也有许多实用的知识,尤其是关于吃的方面,傅东华译,上海世界书局出版，特为介绍。

昨天看一张影片名《十三日星期五》，英国出品，轻描淡写地叙述了一些平常社会的偶然事件，非滑稽亦非讽刺，而是可喜的幽默。有人以为它的目的是破除迷信，证明十三日星期五并非不祥，真太幼稚了。

早上很好，半醒睡的状态中听见偶然的小鸟声和各种不甚喧闹的人声，都觉得有点可爱。怎样一种人生，如果没有闲暇可享受！

昨夜跑到床上，来不及把电灯熄落，就睡着了，忽然醒来，吓了一跳。

这是星期一所写

今天读了你两首新诗，不能得到我的赞许。又得到张荃一篇古风，初读上去觉很好，细看之也呒啥啥。愿上帝保佑世上一切的女诗人们都得到一个美好的丈夫！我不知道张荃为什么突然心血来潮要跟我通起信来，大概因为我很好的缘故，其实我早忘了她了。

Sh……！不要响，听墙角落里有鬼叫！

宋清如顶不好。

IXUYZ 星期二

> 要是有人问你，你愿意做快乐的猪呢，还是愿意做苦恼的哲学家？你就回答：我愿意做快乐的哲学家，这样可以显出你的聪明。

宋：

　　才板着脸孔带着冲动写给你一封信，读了轻松的来书，又使我的心弛放了下来。叫他们拿给你看的那信已经看到？有些可笑吧，还是生气？实在是，近来心里很受到些气闷，比如说有人以为我不应该爱你之类；而两个多月来离群索居的生活，使我脱离了一向沉迷着的感伤的情绪的氛围，有着静味一切的机会，也确使我渐对过去的梦发生厌弃，而有努力做人的意思。

　　我真希望你是个男孩子，就这一年匆匆的相聚，彼此也真太拘束得苦。其实别说你是那么干净那么真纯，就是一些人的冷眼，也会把我更有力地拉近了你的。我没有和平常人那样只闹一回恋情的把戏，过后便撒手了的意思。我只希望把你当作自己弟弟一样亲爱。论年岁我不比你大甚么，忧患比你经过多，人生的经验则不见比你丰富甚么，但就自己所有的学问，几年来冷静的观察与思索，以及早入世诸点上，也许确能做一个对你有一点益处的朋友，不只是一个温柔的好男子而已。

　　对于你，我希望你能锻炼自己，成为一个坚强的人，不要甘心做一个女人（你不会甘心于平凡，这是我相信的），总得从重重的桎梏里把自己的心灵解放出来，时时有毁灭破旧的一切的勇气（如其有一天你觉得我对于你已太无用处，尽可以一脚踢开我，我不会怨你半分），耐得了苦，受得住人家的讥笑与轻蔑，不要有什么小姐式的感伤，只时时向未来睁开你的慧眼，也不用担心什么恐惧什么，只努力使自己身体感情各方面都坚强起来，我将永远是你的可以信托的好朋友，信得过我吗？

也许真会有那么海阔天空的一天，我们大家都梦想着的一天！我们不都是自由的渴慕者吗？

现在的你，确实是太使我欢喜的，你是我心里顶溺爱的人。但如其有那么一天我看见你，脸孔那么黑黑的，头发那么短短的，臂膀不像现在那么瘦小得不盈一握，而是坚实而有力的，走起路来，胸膛挺挺的，眼睛明明的发光，说话也沉着了，一个纯粹自由国土里的国民（你相信我不会爱一个"古典美人"？虽然我从前曾把林黛玉作为我的理想过），那时我真要抱着你快活得流泪了。也许那时我到底是一个弱者，那时我一定不敢见你，但我会躲在路旁看着你，而心里想，从前我曾爱过这个人……这安慰也尽可以带着我到坟墓里去而安心了。这样的梦想，也许是太美丽了，但你能接受我的意思吗？

为了你，我也有走向光明的热望，世界不会于我太寂寞。

来信与诗，都使我快活。每回你信来，往往怀着感激的心情，不只是欢喜而已。诗以较高的标准批评起来，当然不算顶好，以你的旧诗的学力而言，是很可以满意的了。第一首"嫣嫣"两字平仄略不顺,不大要紧,第二句固是好句子,但蹈袭我的句子太甚,把"犹袭"二字改为"空扑"吧。三四句平顺无疵。总观四句,略欠呼应,天上人间句略嫩,听之。此诗改为:

霞落遥山黯淡烟,
残香空扑采莲船,
晚凉新月人归去,
天上人间未许圆。

(两"人"字重复,因此读上去觉不顺口。倘把"人归去"的"人"改为"郎"字,却是一首轻俏的民歌。也许你会嫌太佻,但末句本不庄,故前面的"人"字不能改"君"字。)"新月"映带"未许圆",使"天上"两字不落空。

第二首全体妥。糜字用得新,也许你用时是无意的?

第三首第二句微波漪涟重复,漪字平仄不对;第四句万般往事俗,改为年年心事即佳。全首改为:

无端明月又重圆,
波面流晶漾细涟。
如此溪山浑若梦,
年年心事逐轻烟。

三首诗情调轻灵得很,虽然还少新意。不愧是我的高足,我该自傲不是?

前次绝句二十首之后,又做了十一首,没有给你看。前几首较好:

> 春水桥头细柳魂,
> 绿芜园内鹧鸪痕,
> 蜀葵花落黄蜂静,
> 燕子楼深白日昏。
> 倚剑朗吟毵字栏,
> 晚禽红树女萝残,
> 何当跃马横戈去,
> 易水萧萧芦荻寒。

> 半臂晕红侧笑嫣,
> 绿漪时掀采莲船,
> 莲魂侬魂花侬色,
> 蛙唱满湖莲叶圆。

> 迟雪冲寒鹤羽毵,
> 偶尔解渴落茅庵,

> 红梅白梅相对冷,
>
> 小尼洗砚蹲寒潭。

略看宋诗调子,第三、四两首都故作拗句。又第九首:

> 秋花销瘦春花肥,
>
> 一样风烟雨露霏,
>
> 萧郎吟断数根须,
>
> 懊恼花前白裕衣。

第十一首:

> 燕子轻狂蝴蝶憨,
>
> 满园花舞一天蓝,
>
> 仙人年幼翅如玉,
>
> 笑澈银铃配脸酣。

则是我诗里特有的童话似的情调。天凉气静,愿安心读书,好好保重。

朱朱　廿三夜

第四章
我们都在等世上唯一挚爱灵魂

秋兴杂诗七首，本没有给人看的意思，但张荃既有信给我，也不妨抄下来并给伊一读，我没有另外给伊写信的心向。

宝贝：

现在是九点半，我想你大概已经睡了，我也想要睡了。心里怪无聊的，天冷下雨，没有东西吃，懒得做事，只想倚在你肩上听你讲话。如果不是因为这世界有些古怪，我巴不得永远和你厮守在一起。

你说我们前生是不是冤家？我向来从不把聚散看成一回事，在你之前，除你之外，我也并非没有好朋友，不知道为什么和你一认识之后，便像被一根绳紧紧牵系住一样，怪不自由的，心也不能像从前一样轻了，但同时却又真觉得比从前幸福得多。

不写了，祝你快乐！

十九夜

泊兴隆街 / 沈从文

船停到一个地方，名"兴隆街"，高山积雪同远村相映照，真是空前的奇观。我想拿了相匣子上去照一个相，却因为毛毛雨落个不停，只好不上岸了。这时还只三点四十分，一时不及断黑，雪不落却落小雨。我冷得很，但手并不木僵。南方的冷与北方不同，南方的冷是湿的，有点讨厌的。穿衣多也无用处。烤火也无用处。

我们的小船因为煮饭吃，弄得满船全是烟子，我担心我的眼睛会为烟子熏坏。如今便是在烟里写这个信的。一面写信，一面依然可以听麻阳人船上的橹歌。船走得太慢，这日子可不好过。上面的人不把日子当数，行船人尤其不明白日子的意义。天气既那么冷，我也不好说话。但多挨一天，在上面住的日子就扣去一天，你说，我多难受。

我还得告诉你，今天是我的生日！这个生日可过得妙，坐在一只小船上来想念你们，你们若算着日子，也一定想得起今天是我生日！我想同你说话，却办不到，我想同大家笑笑，也办不到。我只有同水手谈话，问长问短，弄得他们哈哈大笑。我还为他们称三斤肉吃。但他们全不知道我如何发急，如何想我的行程。我还想自己照个小相，也无法照。我不知道怎么办就好一点。实在不知道怎么办。

　　三三，你只看我信写得如何乱，你就会明白我的心如何乱了。我不想写什么，不想说什么。我手冷得很，得你用手来捏才好……这长长的日子，真不好对付！我书又太带少了，画画的纸又不合用，天气又坏，要照相不便照相。我只好躲在舱中，把纸按在膝上，来为你写信。三三，我现在方知道分离可不是年青人的好玩艺儿。当时我们弄错了，其实要来便得全来，要不来就全不来。你只瞧，如今还只是四分之一的别离，已经当不住了，还有廿天，这廿天怎么办？！

　　　　　　　　　　　　　　　　　十四　四点三十分

恋爱是生命的中心和精华 / 徐志摩

八月九日起日记

幸福还不是不可能的,这是我最近的发现。

今天早上的时刻,过得甜极了。我只要你;有你我就忘却一切,我什么都不想什么都不要了,因为我什么都有了。与你在一起没有第三人时,我最乐。坐着谈也好,走道也好,上街买东西也好。厂甸我何尝没有去过,但哪有今天那样的甜法;爱是甘草,这苦的世界有了它就好上口了。眉你真玲珑,你真活泼,你真像一条小龙。

我爱你朴素,不爱你奢华。你穿上一件蓝布袍,你的眉目间就有一种特异的光彩,我看了心里就觉着不可名状的欢喜。朴素是真的高贵。你穿戴齐整的时候当然是好看,但那好看是寻常的,人人都认得的,素服时的眉,有我独到的领略。

玩人丧德，玩物丧志，这话确有道理。

我恨的是庸凡，平常，琐细，俗；我爱个性的表现。

我的胸膛并不大，决计装不下整个或是甚至部分的宇宙。我的心河也不够深，常常有露底的忧愁。我即使小有才，决计不是天生的，我信是勉强来的；所以每回我写什么多少总是难产，我唯一的靠傍是刹那间的灵通。我不能没有心的平安，眉，只有你能给我心的平安。在你完全的蜜甜的高贵的爱里，我享受无上的心与灵的平安。

凡事开不得头，开了头便有重复，甚至成习惯的倾向。在恋中人也得提防小漏缝儿，小缝儿会变大窟窿，那就糟了。我见过两相爱的人因为小事情误会斗口，结果只有损失，没有利益。我们家乡俗谚有：一天相骂十八头，夜夜睡在一横头。意思说是好夫妻也免不了吵。我可不信，我信合理的生活，动机是爱，知识是指南针；爱的生活也不能纯粹靠感情，彼此的了解是不可少的。爱是帮助了解的力，了解是爱的成熟，最高的了解是灵魂的化合，那是爱的圆满功德。

没有一个灵性不是深奥的，要懂得真认识一个灵性，是一辈子的工作。这工夫愈下愈有味，像逛山似的，唯恐进得不深。

眉，你今天说想到乡间去过活，我听了顶欢喜，可是你得准备吃苦。总有一天我引你到一个地方，使你完全转变你的思想与生活的习惯。你这孩子其实是太娇养惯了！我今天想起丹农雪乌的《死的胜利》的结局;但中国人,哪配!眉,你我从今起对爱的生活负有做到他十全的义务。我们应得努力。眉,你怕死吗?眉,你怕活吗?活比死难得多!眉,老实说,你的生活一天不改变,我一天不得放心。但北京就是阻碍你新生命的一个大原因,因此我不免发愁。

我从前的束缚是完全靠理性解开的;我不信你的就不能用同样的方法。万事只要自己决心;决心与成功间的是最短的距离。

往往一个人最不愿意听的话,是他最应得听的话。

八月十日

我六时就醒了,一醒就想你来谈话,现在九时半了,难道你还不曾起身,我等急了。

我有一个心,我有一个头,我心动的时候,头也是动的。我真应得谢天,我在这一辈子里,本来自问已是陈死人,竟然还能尝着生活的甜味,曾经享受过最完全,最奢侈的时辰,我从此是一个富人,再没有抱怨的口实,我已经知足。这时候,天坍了下来,地陷了下去,霹雳种在我的身上,我再也不怕死,不愁死,我满心只是感谢。即使眉你有一天(恕我这不可能的设想)心换了样,停止了爱我,那时我的心就像莲蓬似的栽满了窟窿,我所有的热血都从这些窟窿里流走——即使有那样悲惨的一天,我想我还是不敢怨的,因为你我的心曾经一度灵通,那是不可灭的。上帝的意思到处是明显的,他的发落永远是平正的;我们永远不能批评,不能抱怨。

八月十一日

这过的是什么日子!我这心上压得多重呀!眉,我的眉,怎么好呢?刹那间有千百件事在方寸间起伏,是忧,是虑,是瞻前,是顾后,这笔上哪能写出?眉,我怕,我真怕世界与我们是不能并立的,不是我们把他们打毁成全我们的话,就是他们打毁我们,逼迫我们的死。眉,我悲极了,我胸口隐隐的生痛,我双眼盈盈的热泪,我就要你,我此时要你,我偏不能有你,喔,这难受——恋爱是痛苦的,是的眉,再也没有疑义。眉,我恨不得立刻与你死去,因为只有死可以给我们想望的清静,相互的永远占有。眉,我来献全盘的爱给你,一团火热的真情,整个儿给你,我也盼望你也一样拿整个,完全的爱还我。

世上并不是没有爱,但大多是不纯粹的,有漏洞的,那就不值钱,平常,浅薄。我们是有志气的,决不能放松一屑屑,我们得来一个直纯的榜样。眉,这恋爱是大事情,是难事情,是关生死超生死的事情——如其要到真的境界,那才是神圣,那才是不可侵犯。有同情的朋友是难得的,我们现有少数的朋友,就思想见解论,在中国是第一流。他们都是真爱你我,看重你我,期望你我的。他们要看我们做到一般人做不到的事,实现一般人梦想的境界。他们，我敢说，相信你我有这天赋，有这能力；他们的期望是最难得的，但同时你我负着的责任，那不是玩儿。对己，对友，对社会，对天，我们有奋斗到底，做到十全的责任！眉，你知道我近来心事重极了，晚上睡不着不说，睡着了就来怖梦，种种的顾虑整天像刀光似的在心头乱刺，眉，你又是在这样的环境里嵌着，连自由谈天的机会都没有，咳，这真是哪里说起！眉，我每晚睡在床上寻思时，我仿佛觉着发根里的血液一滴滴的消耗，在忧郁的思念中黑发变成苍白。一天二十四时，心头哪有一刻的平安——除了与你单独相对的俄顷，那是太难得了。眉，我们死去吧，眉，你知道我怎样的爱你，啊眉！比如昨天早上你不来电话，从九时半到十一时我简直像是活抱着炮烙似的受罪，心那么的跳，那么的痛，也不知为什么，说你也不信，我躺在榻上直咬着牙，直翻身喘着哪！后来再也忍不住了，自己拿起了电话，心头那阵的狂跳，差一点把我晕了。谁知你一直睡着没有醒，我这自讨苦吃多可笑，但同时你得知道，眉，在恋中人的心理是最复杂的心理，说是最不合理可以，说是最合理也可以。眉，你肯不肯亲手拿刀割破我的胸膛，挖出我那血淋淋的心留着，算是我给你最后的礼物？

　　今朝上睡昏昏的只是在你的左右。那怖梦真可怕，仿佛有人用妖法来离间我们，把我迷在一辆车上，整天整夜的飞行了三昼夜，旁边坐着一个瘦长的严肃的妇人，像是运命自身，我昏昏的身体动不得，口开不得，听凭那妖车带着我跑，等得我醒来下车的时候有人来对我说你已另订约了。我说不信，你带约指的手指忽在我眼前闪动。我一见就往石板上一头冲去，一声悲叫，就死在地下——正当你电话铃响把我振醒，我那时虽则醒了，但那一阵的凄惶与悲酸，像是灵魂出了窍似的，可怜呀，眉！我过来正想与你好好的谈半句钟天，偏偏你又得出门就诊去，以后一天就完了，四点以后过的是何等不自然而局促的时刻！我与先生谈，也是凄凉万状，我们的影子在荷池圆叶上晃着，我心里只是悲惨，眉呀，你快来伴我死去吧！

八月十二日

　　这在恋中人的心境真是每分钟变样，绝对的不可测度。昨天那样的受罪，今儿又这般的上天，多大的分别！像这样的艳福，世上能有几个人享着；像这样奢侈的光阴，这宇宙间能有几多？却不道我年前口占的"海外缠绵香梦境，销魂今日竟燕京"，应在我的甜心眉的身上！B明白了，我真又欢喜又感激！他这来才够交情，我从此完全信托他了。眉，你的福分可也真不小，当代贤哲你瞧都在你的妆台前听候差遣。眉，你该睡着了吧，这时候，我们又该梦会了！说也真怪，这来精神异常的抖擞，真想做事了，眉，你内助我，我要向外打仗去！

八月十四日

昨晚不知哪儿来的兴致,十一点钟跑到 W 家里,本想与奚谈天,他买了新鲜核桃、葡萄、沙果、莲蓬请我,谁知讲不到几句话,太太回来了,那就是完事。接着 W 和 M 也来了,一同在天井里坐着闲话,大家嚷饿,就吃蛋炒饭,我吃了两碗,饭后就嚷打牌,我说那我就得住夜,住夜就得与他们夫妇同床,M 连骂要死快哩,疯头疯脑,但结果打完了八圈牌,我的要求居然做到,三个人一头睡下,熄了灯,M 躲紧在 W 的胸前,格支支的笑个不住,我假装睡着,其实他说话等等我全听分明,到天亮都不曾落忽。

眉,娘真是何苦来。她是聪明,就该聪明到底;她既然看出我们俩都是痴情人容易钟情,她就该得想法大处落墨,比如说禁止你与我往来,不许你我见面,也是一个办法;否则就该承认我们的情分,给我们一条活路才是道理。像这样小鹅鹅的溜着眼珠当着人前提防,多说一句话该,多看一眼该,多动一手该,这可不是真该,实际毫无干系,只叫人不舒服,强迫人装假,真是何苦来。眉,我总说有真爱就有勇气,你爱我的一片血诚,我身体磨成了粉都不能怀疑,但同时你娘那里既不肯冒险,他那里又不肯下决断,生活上也没有改向,单叫我含糊的等着,你说我心上哪能有平安,这神魂不定又哪能做事?因此我不由不私下盼望你能进一步爱我,早晚想一个坚决的办法

第四章
我们都在等世上唯一挚爱灵魂

出来,使我早一天定心,早一天能堂皇的做人,早一天实现我一辈子理想中的新生活。眉,你爱我究竟是怎样的爱法?

我不在时你想我,有时很热烈的想我,那我信!但我不在时你依旧有你的生活,并不是怎样的过不去;我在你当然更高兴,但我所最要知道的是,眉呀,我是否你"完全的必要",我是否能给你一些世上再没有第二人能给你的东西,是否在我的爱你的爱里你得到了你一生最圆满,最无遗憾的满足?这问题是最重要不过的,因为恋爱之所以为恋爱就在她那绝对不可改变不可替代的一点;罗米欧爱玖丽德,愿为她死,世上再没有第二个女子能动他的心;玖丽德爱罗米欧,愿为他死,世上再没有第二个男子能占她一点子的情,他们那恋爱之所以不朽,又高尚,又美,就在这里。他们俩死的时候彼此都是无遗憾的,因为死成全他们的恋爱到最完全最圆满的程度,所以这,"Die upon a kiss"是真钟情人理想的结局,再不要别的。反面说,假如恋爱是可以替代的,像是一枝牙刷烂了可以另买,衣服破了可以另制,他那价值也就可想。定情——the spiritual engagement, the great mutual giving up——是一件伟大的事情,两个灵魂在上帝的眼前自愿的结合,人间再没有更美的时刻——恋爱神圣就在这绝对性,这完全性,这不变性;所以诗人说:…the light of a whole life dies, When love is done.

恋爱是生命的中心与精华；恋爱的成功是生命的成功，恋爱的失败是生命的失败，这是不容疑义的。

眉，我感谢上苍，因为你已经接受了我；这来我的灵性有了永久的寄托，我的生命有了最光荣的起点，我这一辈子再不能想望关于我自身更大的事情发现，我一天有你的爱，我的命就有根，我就是精神上的大富翁。因此我不能不切实的认明这基础究竟是多深，多坚实，有多少抵抗浸凌的实力——这生命里多的是狂风暴雨！

所以我不怕你厌烦我要问你究竟爱到什么程度？有了我的爱，你是否可以自慰已经得到了生命与生命中的一切？反面说，要没有我的爱，是否你的一生就没有了光彩？我再来打譬喻：你爱吃莲肉，爱吃鸡豆肉；你也爱我的爱！在这几天我信莲肉、鸡豆、爱都是你的需要；在这情形下爱只像是一个加添的必要——An additional necessity，不是绝对的必要，比如有气，比如饮食，没了一样就没有命的。有莲时吃莲，有鸡豆时吃鸡豆；有爱时"吃"爱。好；再过几时时新就换样，你又该吃蜜桃，吃大石榴了，那时假定我给你的爱也跟着莲与鸡豆完了，但另有与石榴同时的爱现成可以"吃"——你是否能照样过你的活，照样生活里有跳有笑的？再说明白的，眉呀，我祈望我的爱是你的空气，你的饮食，有了就活，缺了就没有命的一样东西；不是鸡豆或是莲肉，有时吃固然痛快，过了时也没有多大交关，石榴柿子青果

第四章
我们都在等世上唯一挚爱灵魂

跟着来替口味多着吧！眉，你知道我怎样的爱你，你的爱现在已是我的空气与饮食，到了一半天不可少的程度，因此我要知道在你的世界里我的爱占一个什么地位？

May, I miss your passionately appealing gazings and soul-communicating glances which once so overwhelmed and in gratiated me. Suppose I die suddenly tomorrow morning. Suppose I change my heart and love somebody else, what then would you feel and what would you do ? These are very cruel supposition.I know, but all the same I can't help making them, such being the lover's psychology.

Do you know what would I have done if in my coming back, I should have found my love no longer mine！Try and imagine the situation and tell me what you think.

日记已经第六天了，我写上了一二十页，不管写的是什么，你一个字都还没有出世哪！但我却不怪你，因为你真是贵忙；我自己就负你空忙大部分的责。但我盼望你及早开始你的日记，纪念我们同玩厂甸那一个蜜甜的早上。我上面一大段问你的话，确是我每天郁在心里的一点意思，眉，你不该答复我一两个字吗？眉，我写日记的时候我的意绪益发蚕丝似的绕着你；我笔下多写一个眉字，我口里低呼一声我的爱，我的心为你多跳了一下。你从前给我写的时候也是同样的情形我知道，因此我益发盼望你继续你的日记，也使我多得一点欢喜，多添几分安慰。

八月十四日半夜

我想去买一只玲珑坚实的小箱，存你我这几月来交换的信件，算是我们定情的一个纪念，你意思怎样？

八月十八日

十一点过了。肚子还是疼，又招了凉怪难受的，但我一个人占空院子（宏这回真走了），夜沉沉的，哪能睡得着？这时候饭店凉台上正凉快，舞场中衣香鬓影多浪漫多作乐呀！这屋子闷热得凶，蚊虫也不饶人，我脸上腕上脚上都叫咬了。我的病我想一半是昨晚少睡，今天打球后又喝冰水太多，此时也有些倦意，但眉你不是说回头给我打电话吗？我哪能睡呢！听差们该死，走的走，睡的睡，一个都使唤不来。你来电时我要是睡着了那又不成。所以我还是起来涂我最亲爱的爱眉小札吧。方才我躺在床上又想这样那样的。怪不得老话说疾病则思亲，我才小不舒服，就动了感情，你说可笑不？我倒不想父母，早先我有病时总想妈妈，现在连妈妈都退后了，我只想我那最亲爱的，最钟爱的小眉。我也想起了你病的那时候，天罚我不叫我在你的身旁，我想起就痛心，眉，我怎样不知道你那时热烈的想我要我。我在意大利时有无数次想出了神，不是使劲的自

第四章
我们都在等世上唯一挚爱灵魂

咬手臂,就是拿拳头捶着胸,直到真痛了才知道。今晚轮着我想你了,眉!我想象你坐在我的床头,给我喝热水,给我吃药,抚摩着我生痛的地方,让我好好的安眠,那多幸福呀!我愿意生一辈子病,叫你坐一辈子的床头。哦那可不成,太自私了,不能那样设想。昨晚我问你我死了你怎样,你说你也死,我问真的吗,你接着说的比较近情些。你说你或许不能死,因为你还有娘,但你会把自己关起来,再不与男人们来往。眉,真的吗?门关得上,也打得开,是不是?我真傻,我想的是什么呀,太空幻了!我方才想假使我今晚肚子疼是盲肠炎,一阵子涌上来在极短的时间内痛死了我,反正这空院子里鬼影都没,天上只有几颗冷淡的星,地下只有几茎野草花。我要是真的灵魂出了窍,那时我一缕精魂飘飘荡荡的好不自在,我一定跟着凉风走,自己什么主意都没有;假如空中吹来有音乐的声响,我的鬼魂许就望着那方向飞去——许到了饭店的凉台上。啊,多凉快的地方,多好听的音乐,多热闹的人群呀!啊,那又是谁,一位妙龄女子,她慵慵的倚着一个男子肩头在那像水泼似的地平上翩翩的舞,多美丽的舞影呀!但她是谁呢,为什么我这缥缈的三魂无端又感受一个劲烈的颤栗?她是谁呢,那样的美,那样的风情,让我移近去看看,反正这鬼影是没人觉察,不会招人讨厌的不是?现在我移近了她的跟前——慵慵的倚着一个男子肩头款款舞踏着的那位女郎。她到底是谁呀,你，孤单的鬼影，究竟认清了没有？她不是旁人；不是皇家的公主，不是外邦的少女；她不是别人，她就是她——你生前沥肝脑去恋爱的她！你自己不幸，这大早就变了鬼，她又不知道，你不通知她哪能知道——那圆舞的音乐多香柔呀！好，我去通知她吧。那鬼影踌躇了一响，咽住了他无形的悲泪，益发移近了她，举起一个看不见的指头，向着她暖和的胸前轻轻的一点——啊，她打了一个寒噤，她抬起了头，停了舞，张大了眼睛，望着透光的鬼影睁眼的看，在那一瞥间她见着了，她也明白了，她知道完了——她手掩着面，她悲切切的哭了。她同舞的那位男子用手去揽着她，低下头去软声声安慰她——在泼水似的地平上，他拥着掩面悲泣的她慢慢走回坐位去坐下了。音乐还是不断的奏着。

十二点了。你还没有消息，我再上床去躺着想吧。

十二点三刻了。还是没有消息。水管的水声，像是沥淅的秋雨，真恼人。为什么心头这一阵阵的凄凉；眼泪——线条似的挂下来了！写什么，上床去吧。

一点了。一个秋虫在阶下鸣，我的心跳；我的心一块块的迸裂；痛！写什么，还是躺着去，孤单的痴人！

一点过十分了。还这么早，时候过的真慢呀！

这地板多硬呀，跪着双膝生痛；其实何苦来，祷告又有什么用处？人有没有心是问题；天上有没有神道更是疑问了。

志摩啊你真不幸！志摩啊你真可怜！早知世界是这样的，你何必投娘胎出世来！这一腔热血迟早有一天呕尽。

一点二十分！

一点半——Marvellous！！

一点三十五分——Life is too charming, too charming indeed haha！！

一点三刻——O'is that the way woman love！Is that the way woman love.

一点五十五分——天呀！

两点五分——我的灵魂里的血一滴滴的在那里掉……

两点十八分——疯了！

两点三十分——

两点四十分

The pity of it, the pity of it, Iago！

Christ, what a hell is packed into that line！Each syllahle blessed, when you say it...

两点五十分——静极了。

三点七分——

三点二十五分——火都没了！

三点四十分——心茫然了！

五点欠一刻——咳！

六点三十分

七点二十七分

八月二十四日

这来你真的很不听话眉,你知道不?也许我不会说话,你不爱听,也许你心烦听不进,今晚在真光我问你记否去年第一次在剧场觉得你的发鬘擦着我的脸,(我在海拉尔寄回一首诗来纪念那初度尖锐的官感,在我是不可忘的,)你理都没有理会我,许是你看电影出了神,我不能过分怪你。

今晚北海真好,天上的双星那样的晶清,隔着一条天河含情的互睇着;满池的荷叶在微风里透着清馨;一弯黄玉似的初月在西天挂着;无数的小虫相应的叫着;我们的小舫在荷叶丛中刺着,我就想你,要是你我俩坐着一只船在湖心里荡着,看星,听虫,嗅荷馨,忘却了一切,多幸福的事,我就怨你这一时心不静,思想不清,我要你到山里去也就为此。你一到山里心胸自然开豁的多,我敢说你多忘了一件杂事,你就多一分心思留给你的爱:你看看地上的草色,看看天上的星光,摸摸自己的胸膛,自问究竟你的灵魂得到了寄托没有,你的爱得到了代价没有,你的一生寻出了意义没有?你在北京城里是不会有清明思想的——大自然提醒我们内心的愿望。

我想我以后写下的不拿给你看了,眉,一则因为天天看烦得

第四章
我们都在等世上唯一挚爱灵魂

很，反正是这一路的话，这爱长爱短老听也是怪腻烦的；

二则我有些不甘愿因为分明这来你并不怎样看重我的"心声"。我每天的写，有工夫就写，倒像是我唯一的功课，很多是夜阑人静半夜三更写的，可是你看也就翻过算数，到今天你那本子还是白白的，我问你劝你的话你也从不提及，可见你并不曾看进去，我写当然还是写，但我想这来不每天缴卷似的送过去了，我也得装装马虎，等你自己想起时问起时真的要看时再给你不迟。我记得（你记得吗，眉？）才几个月前你最初与我秘密通讯时，你那时的诚恳，焦急，需要，怎样抱怨我不给你多写，你要看我的字就比掉在岸上的鱼想水似的急，——咳，那时间我的肝肠都叫你摇动了，眉！难道这几个月来你已经看够了不成？我的话准没有先前的动听，所以你也不再着急要，虽则我自问我对你一往的深情真是一天深似一天，我想看你的字，想听你的话，想搂抱你的思想，正比你几个月前想要我的有增无减——眉，这是什么道理？我知道我如其尽说这一套带怨意的话，你一定看得更不耐烦，你真是愈来愈蠢了，什么新鲜的念头，讨人欢喜招人乐的俏皮话一句也想不着，这本子一页又一页只是板着脸子说的郑重话，哪能怪你不爱看——我自个儿活该不是？下回我想来一个你给我的信的一个研究——我要重新接近你那时的真与挚，热烈与深刻。眉，你知道你那时偶尔看一眼，那一眼里含着多少的深情呀！现在你快正眼都不爱觑我了，眉，这是什么道理？你说你心烦,所以连面都不愿见我——我懂得,我不怪你,假如我再跑了一次看看——我不在跟前时也许你的思想倒会分给我一些——你说人在身边,何必再想,真是!这样来我愿意我立即死了,那时我倒可以希望占有你一部分纯洁的思想的快乐。眉,你几时才能不心烦?你一天心烦,我也一天不心安,因为我们俩的思想镶不到一起,随我怎样的用力用心——

眉,假如我逼着你跟我走,那是说到和平办法真没有希望时,你将怎样发付我?不,我情愿收回这问句,因为你也许忍心拿一把刀插在爱你的摩的心里!

咳,"以不了了之",什么话!我倒不信,徐志摩不是懦夫,到相当时候我有我的颜色,无耻的社会你们看着吧!

眉,只要你有一个日本女子一半的痴情与侠气——你早跟我飞了,什么事都解决了。乱丝总得快刀斩,眉,你怎的想不通呀!

上海有时症,天又热,我也有些怕去。

九月五日 上海

前几天真不知是怎样过的,眉呀,昨晚到站时"谭谭"背给我听你的来电,他不懂得末尾那个眉字,瞎猜是密码还是什么,我真忍不住笑了——好久不笑了眉,你的摩!

"先生"真可人,"一切如意——珍重——眉"多可爱呀,

第四章
我们都在等世上唯一挚爱灵魂

救命王菩萨,我的眉!这世界毕竟不是骗人的,我心里又漾着一阵甜味儿,痒齐齐怪难受的,飞一个吻给我至爱的眉,我感谢上苍,真厚待我,眉终究不负我,忍不住又独自笑了。昨夜我住在蒋家,覆去翻来老想着你,哪睡得着,连着蜜甜的叫你嗔你亲你,你知道不,我的爱?

今天捱过好不容易,直到十一时半你的信才来,阿弥陀佛,我上天了。我一壁开信就见着你肥肥的字迹我就乐,想躲着看,我妈坐在我对桌,我爸躺在床上同声笑着骂了"谁来看你信,这鬼鬼祟祟的干么!"我倒怪不好意思的,念你信时我面上一定很有表情,一忽儿紧皱着眉头,一忽儿笑逐颜开,妈准递眼风给爸笑话我哪!

眉,我真心的小龙,这来才是推开云雾见青天了!我心花怒放就不用提了,眉,我恨不得立刻搂着你,亲你一个气都喘不回来,我的至宝,我的心血,这才是我的好龙儿哪!

你那里是披心沥胆,我这里也打开心肠来收受你的至诚——同时我也不敢不感激我们的"红娘",他真是你我的恩人——你我还不争气一些!

说也真怪,昨天还是在昏沉地狱里坑着的,这来勇气全回来了,你答应了我的话,你给了我交代,我还不听你话向前做事去,眉,你放心,你的摩也不能不给你一个好"交代"!

今天我对P全讲了,他明白,他说有办法,可不知什么办法!

真厌死人,娘还得跟了来!我本想到南京去接你的,她若来时我连上车站都不便,这多气人,可是我听你话,眉,如今我完全听你话,你要我怎办就怎办,我完全信托你,我耐着——为着你眉。

眉,你几时才能再给我一个甜甜的——我急了!

醒来觉得甚是爱你 / 朱生豪

清如我儿：

你不给我信是不行的。

今天的节目：

1. 起身（九点钟）。

2. 吃粥。

3. 看报。

4. 写信——给你的。

5. 看小说，——完毕 Galsworthy 的 In Chancery，此翁的文字清淡得很。

6. 吃中饭——鸡。

7. 出门。

8. 卡尔登看电影——捷克斯拉夫出品，"Symphony of Love"，又名"Ecstacy"，因为广告上大登非常性感，故观者潮涌，尤多"小市民群"，其实该片还是属于高级的一类，虽是以性欲为题材，却并无色情趣味，至于描写得较露骨的部分当然早已剪去。摄影好音乐好，导演处置纤细但嫌薄弱，表演平平，看后印象不深刻。

9. 四马路买过期廉价漫画杂志数本。

10. 回家。

11. 吃晚饭。

12. 做夜工三小时。

13. 写信。

14. 睡（十二点半）。

你要不要我待你好？

金鼠牌　星期日

好人：

你的文法不太高明，例如"对于你的谣言，确使我十分讨厌"这句话，应该说作"你的谣言确使我十分讨厌"，或"对于你的谣言，我确十分讨厌"。

这样吹毛求疵的目的是要使你生气，因为我当然不愿你生我气，但与其蒙你漠不关心我，倒还是生气的好了。我不想责备我自己，因为我觉得我已够可怜，但我发誓以后不再naughty（顽皮），（虽然我想我不用告诉你我是怎样"热烈期待"着这次的放假，为的有机会好来看看你；年初一的夜里，我是怎样高兴得整夜不睡，天气恶劣怎样反而使我欢喜，因为我可以向你证明我的一片诚心；次日清晨我怎样不顾一切劝阻而催促他们弄饭，饭碗一丢就扬长而去；我是怎样失望发现第一班车要在十一点钟才有，我不能决定还是走好还是不走好，我本想当天来回，这样恐怕不成功了，姑且回了家再说；回到家中，两只脚又是怎样痛得走不动，为着穿了紧的皮鞋；乘兴而去，败兴而来，当然勇气要受了挫折……这些话也许都会被你算作讨厌的谣言），也不再把你的名字写得这样难看；但任何国际条约必须基于双方平等的基础上，我希望你也不要叫我朱先生或十分谢谢我。

你的命令我不能不遵从，因为我特意把"要"字改为"准"字，不要你来信只是表示我不愿意你来信，但尚未有禁止之意；不准便由愿望改为命令了。但是我希望等番茄种子寄出之后（当然那必须附一封信，否则你不知道是谁寄来的），我还可以（有）写信问你有没有收到的权利是不是？

我伤心得很。

厌物 廿三

好人：

读到你的信往往使我又喜又恼，喜的是读到你的信，恼的是你有时说起话来很令我难堪。例如你要我少写一点信，在没有说明理由之前,我只能解释为你讨厌我的烦扰。原谅我的无聊吧,今后将力守静默。

  为你作无言的祝福!

你脚下的蚂蚁 十夜

  昨夜我看见郑天然向我苦笑。你被谁吹大了,皮肤像酱油一样,样子很不美,我说,你现在身体很好了,说这句话,心里甚为感动,想把你抱起来高高的丢到天上去。醒来觉得甚是爱你。

  这两天我很快活,而且骄傲。你这人,有点太不可怕。尤其是,一点也不莫名其妙。

朱

小姊姊:

  你好?我……没有什么,很倦,又不甘心睡,也不愿写信。

  家里有没有信?我希望你母亲早已好了。

  又一星期过去,日子过得越快,我越高兴。我发誓永不自杀,除非有一天我厌倦了你。

  每天每天你让别人看见你,我却看不见你,这是全然没有理由的,我真想要你喂奶给我吃。

  有人说我胖了,我完全不相信,你相信不相信?你现在生得是不是还像我们上次会面时一样？也许你实在很丑也说不定，但我总觉得你比一切的美都美，我完全找不出你有任何可反对的地方，我甘心为你发痴。

如果你不欢喜我说这样话，我仍然可以否认这些话是我说的，因为我只愿意说你所喜欢听的话。

我是属于你的，永远而且完全地。愿你快乐。

专说骗人的诳语者　十一夜

如果我想要做一个梦，世界是一片大的草原，山在远处，晴天在顶上，溪流在足下，鸟声在树上，如睡眠的静谧，没有一个人，只有你我，在一起跳着飞着躲着捉迷藏，你允不允许？因为你不允许我做的梦，我不敢做的。我不是诗人，否则一定要做一些可爱的梦，为着你的缘故。我不能写一首世间最美的抒情诗给你，这将是我终生抱憾的事。我多么愿意自己是个诗人，只是为了你的缘故。

小亲亲：

昨夜写了一封信，因天冷不跑出去寄，今天因为觉得那信写得……呃，这个……那个……呢？有点……呃……，这个……所以，……所以扣留不发。

天好像是很冷是不是？你有没有吱吱叫？

因为……虽则……但是……所以……然而……于是……哈哈哈！

做人顶好不要发表任何意见，是不是？

我不懂你为什么要……你猜要什么？

有人喜欢说这样的话，"今天天气好像似乎有点不大十分很热"，"他们两口子好像似乎颇颇有点不大十分很要好似地的样子"。

你如不爱我，我一定要哭。你总不肯陪我玩。

小瘌痢头　三月二日

爱眉 / 徐志摩

眉：

　　我在适之这里。他新近照了一张相，荒谬！简直是个小白脸儿哪！他有一张送你的，等我带给你。我昨晚独自在硖石过夜（爸妈都在上海）。十二时睡下去，醒过来以为是天亮，冷得不堪，头也冻，脚也冻，谁知正打三更。听着窗外风声响，再也不能睡熟，想爬起来给你写信。其实冷不过，没有钻出被头勇气。但怎样也睡不着，又想你，蜷着身子想梦，梦又不来。从三更听到四更，从四更听尽五更，才又闭了一回眼。早车又回上海来了。北京来人还是杳无消息。你处也没信，真闷。栈房里人多，连写信都不便；所以我特地到适之这里来，随便写一点给你。眉眉，有安慰给你，事情有些眉目了。昨晚与娘舅寄父谈，成绩很好。他们完全谅解，今天许有信给我爸。但愿下去顺手，你我就登天堂了。妈昨天笑着说我："福气太好了，做爷娘的是孝子孝到底的了。"但是眉眉，这回我真的过了不少为难的时刻。也该的，"为我们的恋爱"可不是？昨天随口想诌几行诗，开头是：

我心头平添了一块肉，
这辈子算有了归宿！
看白云在天际飞，
听雀儿在枝上啼。
忍不住感恩的热泪，
我喊一声天，我从此知足！
再不想望更高远的天国！

眉眉，这怎好？我有你什么都不要了。文章、事业、荣耀，我都不要了。诗、美术、哲学，我都想丢了。有你我什么都有了。抱住你，就比抱住整个的宇宙，还有什么缺陷，还有什么想望的余地？你说这是有志气还是没志气？你我不知道，娘听了，一定骂。别告诉她，要不然她许不要这没出息的女婿了。你一定在盼着我回去，我也何尝不时刻想往眉眉胸怀里飞。但这情形真怕一时还走不了。怎好？爸爸与娘近来好吗？我没有

第四章
我们都在等世上唯一挚爱灵魂

直接信,你得常常替我致意。他们待我真太好了,我自家爹娘,也不过如此。适之在下面叫了,我们要到高梦旦家吃饭去,明天再写。

摩摩祝眉眉福

正月十一日〔一九二六年二月二十三日〕

眉眉:

　　简直的热死了,昨夜还在西山上住。又病了,这次的病妙得很,完全是我眉给我的。昨天两顿饭也没有吃,只吃了一盆蒸馄饨当点心,水果和水倒吃了不少;结果糟透了。不到半夜就发作;也和你一样,直到天亮还睡不安稳。上面尽打嗝儿,胃气直往上冒,下面一样的连珠。我才知道你屡次病的苦。简直与你一模一样,肚子胀,胃气发,你说怪不怪?今天吃了一顿素餐,肚又胀了。天其实热不过,躲在屋子里汗直流。这样看来,你病时不肯听话,也并不是你特别倔犟;我何尝不知道吃食应该十分小心,但知道自知道,小心自不小心,有什么办法?今晚我们玩西湖去,明早六时坐长途汽车去天目山,约正午可到。这回去本不是我的心愿,但既然去了,我倒盼望有一两天清凉日子过,多少也叫我动身北归以前喘一喘气。想起津浦的铁篷车其实有些可怕。天目的景致另函再详。适之回爸爸的信到了,我倒不曾想到冯六有这层推托。文伯也好,他倒是我的好友。但适之何以托蒋梦麟代表,我以为他一定托慰慈的。梦麟已得行动自由吗?

昨天上海邮政罢工,你许有信来,我收不到。这恐怕又得等好几天,天目回头,才能见到我爱的信,此又一闷。我到上海,要办几桩事。一是购置我们新屋里的新家具。你说买什么的好?北京朱太太家那套藤的我倒看的对,但卧房似乎不适宜。床我想买 Twin 的,别致些,你说哪样好?赶快写回信,许还来得及。我还得管书房的布置:这两件事完结,再办我们的订婚礼品。我想就照我们的原议,买一只宝石戒,另配衣料。眉乖!你不知道,我每天每晚怎样急的要回京,也不全为私。《晨报》老这托人也不是事,不是?但老太爷看得满不在乎,只要拉着我伴他。其实呢,也何尝不应该,独生儿子在假期中难得随侍几天。无奈我的神魂一刻不得眉在左右,便一刻不安。你那里也何尝不然?老太爷若然体谅,正应得立即放我走哩。按现在情形看来,我们的婚期至早得在八月初。因为南方不过七月半,不会天凉。像这样天时,老太爷就是愿意走,我都要劝阻他的。并且家祠屋子没有造起,杂事正多着哩!

乖囡!你耐一点子吧。迟不到月底,摩摩总可以回到"眉轩"来温存我的唯一的乖儿。这回可不比上次,眉眉,你得好好替我接风才是。老金他们见否?前天见一余寿昌,大骂他,骂他没有脑筋。堂上都好否?替我叩安。写不过二纸,满身汗已如油,真不了。这天时便亲吻也嫌太热也?但摩摩深吻眉眉不释。

[一九二六年]七月十八日

在桃源 / 沈从文

三三：

我已到了桃源，车子很舒服。曾姓朋友送我到了地，我们便一同住在一个卖酒曲子的人家，且到河边去看船，见到一些船，选定了一只新的，言定十五块钱，晚上就要上船的。我现在还留在卖酒曲人家，看朋友同人说野话。我明天就可上行。我很放心，因为路上并无什么事情。很感谢那个朋友，一切得他照料，使这次旅行又方便又有趣。

我有点点不快乐处，便是路上恐怕太久了点。听船上人说至少四天方可到辰州，也许还得九天方到家，这份日子未免使我发愁。我恐怕因此住在家中就少了些日子。但我又无办法把日子弄快一点。

我路上不带书，可是有一套彩色蜡笔，故可以作不少好画。照片预备留在家乡给熟人照相，给苗老咪照相，不能在路上糟蹋，故路上不照相。

　　三三，乖一点，放心，我一切好！我一个人在船上，看什么总想到你。我到这里还看到一个老同学，这老同学还是我廿年前在一处读书的。

二哥
十二日下午五时

　　在路上我看到个贴子很有趣：

　　立招字人钟汉福，家住白洋河文昌阁大松树下右边，今因走失贤媳一枚，年十三岁，名曰金翠，短脸大口，一齿凸出，去向不明。若有人寻找弄回者，赏光银二元，大树为证，决不吃言。谨白。

　　三三：我一个字不改写下来给你瞧瞧，这人若多读些书，一定是个大作家。

第五章

你是我生命中无法被轻易替代的存在

我有张小小的书桌。三十年来,一直放在我的窗前,
我过去生活的一切,无论是快乐的,还是忧愁的,都留在桌上了……
我把"人"字总误写成"入"字,就在这桌上吧!
我一排排地晾干弹弓子用的小泥球儿,就在这桌上吧!
我在小木板上钉钉子,把桌子上的玻璃板打碎了,还挨了爸爸一通好打!……

书桌 / 冯骥才

我有张小小的书桌。它又窄又矮,破旧极了。在外人眼里简直不成样子。上边的漆成片地剥落下来,残余的漆色变得晦暗发黑,连我自己都认不准它最初是什么颜色。桌面又满是划痕、硬伤,还有热水杯烫成的一个个套起来的深深浅浅的白圈儿。它一边只有三个小抽屉,抽屉把儿早不是原套了。一个是从破箱子上移来的铜把手,另两个是后钉上去的硬木条。别看它这份模样,三十年来,却一直放在我的窗前,我房间透进光来的地方。我搬过几次家,换过几件家具,但从来没有想到处理掉它……

"这么难看还要它干吗?!要是我早劈掉生火了!"

"它又不实用。你这么大人将就这样一个小桌子,早晚得驼背!"

"你怎么就是不肯扔掉这破玩意儿。难道它是件宝?你说呀……"

我笑而不答。那淡淡的笑意里包含着任何知己都难以理解、难以体会到的一种，一种……一种什么呢？

没有共同的经历就不会有同感。有时，同感能发挥出非常奇妙的作用，它能成为两颗心相融的最短、最直接的通道。如果没有同感，说它做什么？还不如独自一人到树林里，踩着落叶，自己对自己默默地说它一阵子，排遣出来，倒是一种慰安。

我无法想起，究竟什么时候，我开始使用这小桌的。我只模模糊糊记得，最初，我是站在它前面写写画画，而不是坐着。待我要坐下时，屁股下边必须垫上书包、枕头或一大摞画报，才能够得上桌面……

记忆里，幼时的事，都是穿不成串儿的珠子。这珠子却在记忆的深井的底儿滴溜溜、闪闪发光地打转，很难抓住它们——

我把"人"字总误写成"入"字，就在这桌上吧！

我一排排地晾干弹弓子用的小泥球儿，就在这桌上吧！

我在小木板上钉钉子，就在这桌上吧！

对，就在这儿。桌面上原来有一块能够照见自己脸儿的光光的玻璃板，给我钉钉子时打碎了——这件事我可记得清清楚楚，为此我还挨爸爸一通好打呢！也许打得太疼，我才记得十分牢。但过后我却一点也不后悔。因为，从此我做过的、经历过的、经受过的许许多多的事，都在这没有玻璃板保护的桌面上留下了痕迹。

　　桌面上净是些小瘪坑。有的坑儿挺深，像个洞眼，蚂蚁爬到那儿，得停一下，迟疑片刻，最后绕过去……细细瞧吧，还满是划痕呢，横竖歪斜，有的深，如一道沟；有的轻浅，还有的比蛛丝还细。这细细的印痕，是不是当初刮铅笔尖留下的？那一条条长长的道道儿，是不是随意用指甲划上去的？那儿黑糊糊的一块，是不是过年做灯笼，烤弯竹条时碰倒了蜡烛烧的？分辨不清了，原因不明了，全搅在一起了。这中间还混着许多字迹，钢笔的、铅笔的、墨笔的，还有用什么硬东西刻上去的。也有画上去的形象，有的完整，有的破碎———一只靴子啦，枪啦，一张侧面脸啦，这是不是我的自画像？年深日久，早都给磨得模糊一片。痕迹斑驳的桌面，有如一块风化得相当厉害、漫漶不清的碑石。

　　但我从中细心查辨，也能认出某些痕迹的来由，想起这里边包含着的、只有我才知道的故事，并联想到与此有关或无关的、早已融进往昔岁月中的童年生活。

　　为此，我很少用湿布去拭抹它。

　　只有一次例外。那是我上小学四年级时。我前排坐着一个女同学，十分瘦弱。她年龄与我一般大，个子却比我矮一头。两条短短的黄辫儿，简直是两根麻绳头。一天，上语文课，我没听讲，却悄悄把眼前的两条黄辫子拴在这女同学的椅子背儿上。正巧老师叫她回答问题，她一起身，拴住的辫子扯得她头痛得大叫。我的语文老师姓李，瘦削的脸满是黑胡茬，连脸颊上都是。一副黑边的近视镜遮住他的眼神，使我头次见到他时以为他挺凶，其实他温和极了。他对我们调皮的忍耐限度比别的老师都大。但不知为什么，那天他好厉害，把我一把拉到课堂前，叫我伸出双手，狠狠打了十多板子。他真生气呢！气呼呼地直喘，什么话也说不出来了，只指着门，瞪圆眼对我吼道："走！快走！"我离开了课堂，一路跑回家。我手疼倒没什么，但当众挨打受罚，我的自尊心受不了。于是，我眼泪汪汪地在桌上写了"李老师是狗！"几个字。我写得那么痛快和解气，好像这几个字给我报了什么"仇"似的。这几个字就相当威风地在我桌上保留了好长时间。

在表的滴答声中，在上下课的铃声中，在雨和雪轮番交替地敲打窗子声中，我长大起来，事也懂得多了。桌上那几个字却不那么神气了。反而怕被人瞧见，似乎成了一种不光彩，甚至是耻辱的污迹，我带着一种说不清是对李老师，还是对长大后再也遇不到那个瘦弱的女同学的愧疚心情，用手巾尖儿蘸些水使劲把这几个字抹下去。

真奇怪！字儿抹掉了，好像心里干净了一些。

我上了中学，毕业了，参加了工作。我的许多事，写信、写文章、画画、吃东西，做些什么零七八碎的事都在这桌上，它一直伴随着我。

但它在我长大起来的身躯前,渐渐显得矮小,不合用了;而且用久了,愈来愈破旧,在后来买进来的新家具中间,又显得寒伧和过时。它似乎老了,早完成了使命,在人世间物换星移的常规里等待着接受取代。

有一天我画画。画幅大,桌面小。不得不把一半画纸垂到桌下,先画铺在桌面上的一半;待画得差不多时,再拉上纸来画另一半。这样就很难照顾到画面的整体感,我画得那么别扭,真急了,止不住愤愤地骂道:

"真该死,这破桌子!"

它听着,不吭一声。等我画好了画儿,张挂起来;画面却意外地好。我十分快活,早把桌子忘在一旁。它呢?依然默默旁立。它就是这样与我为伴,好像我不抛掉它,它就一心而从无二意地跟随着我。是不是由于它仅仅是件无生命的物品,我从未把它作为一只小猫、小鸟、小兔那样的伴侣?但是,小兔死了,小猫跑了,小鸟飞了,它却不声不响地有心地记下我生活经历过的许多酸甜苦辣。并顺从地任我做任何有损于它的事。当一次,我听说自己遭遇过的不幸,是因为被一位多年来与我非常要好的朋友出卖时,我忍受不住,发疯似地猛的一拍桌面:

"啪!"

桌面上出现一条长长的裂缝;我那颗初入社会纯真的心上,也暗暗出现一条裂痕。它竟同我一样。

从此，我便不觉地爱护起它来了。

我有过一个女朋友。她是一只快乐的小鸟——那早晨站在沾着露水的枝头抖动翅膀，在阳光里飞来飞去，在烟囱上探头探脑的小鸟。她总笑。她整天似乎除去快乐什么也不知道。她在任何一群人中出现，都能极快地把快乐通过笑，通过活泼的目光，通过喜气洋洋的俊俏的小脸儿，通过率真的动作，传染给每一个人。我说她的快乐是照眼的、悦耳的、香喷喷的，是魔术。我称她为"快乐女神"。

她一双腿长长。爱穿一条淡蓝色的短裙。她一进屋来，常常是一蹦就坐到小书桌上——这或许是她还带着些孩子气儿；或许她腿长，桌子矮，坐上去正合适。

我呢？过去吻她高矮也正好。我吻她，她不让。一忽儿把脸甩向左边，一忽儿又甩向右边，还调皮地笑着。她那光滑的短发像穗子一样在我笨拙的嘴唇上蹭来蹭去。

以后，由于挺复杂的原因，她终于说："我们的爱没有物质土壤，幻想的种子连幻想也结不出来了。"这句话，她说了许多遍，一次比一次肯定，最后她无可奈何又断然地离去了。

稀奇的是，那快乐女神始终与我这哑巴桌子连在一起。每当我的目光碰到桌沿，就会幻觉出她当初坐在桌上的样子。浅蓝色的短裙扇状地铺开，一双直直又顺溜儿的长腿垂下来，两只小巧的脚交叉地别着。这时她那动听的笑声好似又在桌上的空间里发出来。

我需要记着的,这桌儿都给我记着了。而那女神与我临别时掉在桌上的泪滴,却一点痕迹也没留下。大概那不是泪,而是水滴。

桌上唯有一处大硬伤。那是——那天,一群穿绿服装、臂套红色袖章的男女孩子们闯进我家来。每人拿一把斧头,说要"砸烂旧世界",我被迫站在门口表示欢迎,并木然地瞅着他们在顷刻间,把我房间里的一切胡砍乱砸一通。其中有个姑娘,模样挺端正,但她的眼神叫我害怕。她却不吵不闹,砸起东西来异乎寻常地细致。她在屋里转来转去,把尚且完整的东西翻出来,一件件、有条不紊地敲得粉碎。然后,她翻出我一本相册,把里面的照片一张张抽出来,全都撕成两半。她做这些事时,脸上没有任何表情。

她忽然把一张照片面对我:

"这是谁?"

这是我那"快乐女神"的。我说:

"一个朋友。"

她微微现出一种冷笑,一双秀气的眼睛直盯着我,两只白白的手把这照片撕成细小的碎片。我至今不明白,在那时为什么一些女孩子干这种事时,反比男孩子们干得更彻底、更狠心、更无情。相册中所有女人的照片——我姐姐、妻子、母亲的,她撕得尤其凶,"刷、刷、刷"地响。仿佛此刻她心里有什么受不了的情感折磨着她,迫使她这样做。

最后,她临去时,一眼瞥见我的书桌。大约这书桌过于破旧,开始时并没引起他们的兴趣。此刻在一堆碎物中间,反而惹眼了。她撇向一边的薄薄的唇缝里含着一种讥讽:

"你还有这么个破玩意儿!"

随手一斧子,正砍在桌角上。掉下一块挺大的木茬。

就这样,我过去生活的一切,无论是快乐和幸福的,还是忧愁和不幸的,都留在桌上了。哪怕我忘了,它会无声地提醒我。

它就摆在我窗前。从窗子透进的光笼罩着它。我窗外是一棵大槐树的树冠。这树冠摇曳婆娑的影子总是和阳光一起投照在我这小小的桌面上。

每当这树冠的枝影间满是小小的黑点点时,那是春天;黑点点儿则是大槐树初发的芽豆豆。这期间,偶尔还有一种俗名叫作"绿叶儿"的候鸟,在枝间伶俐地蹦跳的影子出现在桌面上。夏天来了,树影日浓,渐渐变成一块荫凉,密密实实地遮盖住我的小桌。等到这块厚厚的荫凉破碎了,透现出一些晃动着的阳光的斑点儿时,秋风还会把一两片变黄的叶子吹进窗;像几只金色的小船,落在我这如同无风的水面一般平光光的桌面上。随后该关窗子了,玻璃蒙上了薄薄的水蒸气。那片叶无存、光秃秃、只剩下枝丫的树影,便像一张朦胧模糊的大网,把我的小桌罩住……

我常常被这些情景弄得发呆。谁说它丑、它无用、它应当被丢弃？它有着任何华贵的物品都无法代替的风韵和诗意。在它的更深处,甚至还潜藏着丰富的思想。

尤其是在阴雨的日子里,乌云像拉上的厚帘子把窗户遮暗了,小桌变成黑影,很像一块浓雾里的礁石,黑黝黝的,沉默无语。忽然一道闪电把它整个照亮,它那桌面上反射着可怕的蓝色的电光。但在这一瞬间的强光里,它上边的一切痕迹都清晰地显现出来,留在这中间的往事一下子全都复活了……

我阖上眼,情愿被再现在幻觉中的往事深深地感动着。

我终于失去了它。

在地震中,塌落下来的屋顶把它压垮。我的孩子正好躲在桌下,给它保护住了生命。它才是真正地为我献出了一切呢！等我从废墟中把它找出来,只是一堆碎木板、木条和木块了。我请来一位能干的木匠,想把它复原。木匠师傅瞅着它,抽着烟,最后摇了摇头。并且莫名其妙地瞧了我一眼,显然他不明白我何以有此意图——又不是复原一件碎损的稀世古物。

它就这样在我的生活中没了。

我需要书桌,只得另买一张。新买的桌子宽大、实用、漆得锃亮,高矮也挺合适。我每每坐在这崭新却陌生的大书桌前,就觉得过去的一切像那不能再生的书桌一样，烟消云散，虚无缥缈，再也无从抓住似的……

我因此感到隐隐的忧伤。不由得想起几句话，却想不起是谁说的了：

"啊，生活，你真迷人……哪怕是久已过去的，也叫人割舍不得；哪怕是不幸的，也渐渐能化为深沉的诗。"

多想在
平庸的生活拥抱你

我与地坛 / 史铁生（节选）

三

如果以一天中的时间来对应四季，当然春天是早晨，夏天是中午，秋天是黄昏，冬天是夜晚。如果以乐器来对应四季，我想春天应该是小号，夏天是定音鼓，秋天是大提琴，冬天是圆号和长笛。要是以这园子里的声响来对应四季呢？那么，春天是祭坛上空漂浮着的鸽子的哨音，夏天是冗长的蝉歌和杨树叶子哗啦啦地对蝉歌的取笑，秋天是古殿檐头的风铃响，冬天是啄木鸟随意而空旷的啄木声。以园中的景物对应四季，春天是一径时而苍白时而黑润的小路，时而明朗时而阴晦的天上摇荡着串串杨花；夏天是一条条耀眼而灼人的石凳，或阴凉而爬满了青苔的石阶，阶下有果皮，阶上有半张被坐皱的报纸；秋天是一座青铜的大钟，在园子的西北角上曾丢弃着一座很大的铜钟，铜钟与这园子一般年纪,浑身挂满绿锈,文字已不清晰;冬天,是林中空地上几只羽毛蓬松的老麻雀。以心绪对应四季呢?春天是卧病的季节,否则人们不易发觉春天的残忍与渴望;夏天,情人们应该在这个季节里失恋,不然就似乎对不起爱情;秋天是从外面买一棵盆花回家的时候,把花搁在阔别了的家中,并且打开窗户把阳光也放进屋里,慢慢回忆慢慢整理一些发过霉的东西;冬天伴着火炉和书,一遍遍坚定不死的决心,写一些并不发出的信。还可以用艺术形式对应四季,这样春天就是一幅画,夏天是一部长篇小说,秋天是一首短歌或诗,冬天是一群雕塑。以梦呢?以梦对应四季呢?春天是树尖上的呼喊,夏天是呼喊中的细雨,秋天是细雨中的土地,冬天是干净的土地上的一只孤零的烟斗。

因为这园子,我常感恩于自己的命运。

我甚至现在就能清楚地看见,一旦有一天我不得不长久地离开它,我会怎样想念它,我会怎样想念它并且梦见它,我会怎样因为不敢想念它而梦也梦不到它。

四

现在让我想想,十五年中坚持到这园子来的人都是谁呢?好像只剩了我和一对老人。

十五年前,这对老人还只能算是中年夫妇,我则货真价实还是个青年。他们总是在薄暮时分来园中散步,我不大弄得清他们是从哪边的园门进来,一般来说他们是逆时针绕这园子走。男人个子很高,肩宽腿长,走起路来目不斜视,胯以上直至脖颈挺直不动;他的妻子攀了他一条胳膊走,也不能使他的上身稍有松懈。女人个子却矮,也不算漂亮,我无端地相信她必出身于家道中衰的名门富族;她攀在丈夫胳膊上像个娇弱的孩子,她向四周观望时总含着恐惧,她轻声与丈夫谈话,见有人走近就立刻怯怯地收住话头。我有时因为他们而想起冉阿让与柯赛特,但这想法并不巩固,他们一望即知是老夫老妻。两个人的穿着都算得上考究,但由于时代的演进,他们的服饰又可以称为古朴了。他们和我一样,到这园子里来几乎是风雨无阻,不过他们比我守时。我什么时间都可能来,他们则一定是在暮色初临的时候。刮风时他们穿了米色风衣,下雨时他们打了黑色的雨伞,夏天他们的衬衫是白色的裤子是黑色的或米色的,冬天他们的呢子大衣又都是黑色的,想必他们只喜欢这三种颜色。他们逆时针绕这园子一周,然后离去。他们走过我身旁时只有男人的脚步响,女人像是贴在高大的丈夫身上跟着漂移。我相信他们一定对我有印象,但是我们没有说过话,我们互相都没有想要接近的表示。十五年中,他们或许注意到一个小伙子进入了中年,我则看着一对令人羡慕的中年情侣不觉中成了两个老人。

曾有过一个热爱唱歌的小伙子,他也是每天都到这园中来,来唱歌,唱了好多年,后来不见了。他的年纪与我相仿,他多半

第五章
你是我生命中无法被轻易替代的存在

是早晨来,唱半小时或整整唱一个上午,估计在另外的时间里他还得上班。我们经常在祭坛东侧的小路上相遇,我知道他是到东南角的高墙下去唱歌,他一定猜想我去东北角的树林里做什么。我找到我的地方,抽几口烟,便听见他谨慎地整理歌喉了。他反反复复唱那么几首歌。"文化革命"没过去的时候,他唱"蓝蓝的天上白云飘,白云下面马儿跑……"我老也记不住这歌的名字。"文革"后,他唱《货郎与小姐》中那首最为流传的咏叹调。"卖布——卖布嘞,卖布——卖布嘞!"我记得这开头的一句他唱得很有声势,在早晨清澈的空气中,货郎跑遍园中的每一个角落去恭维小姐。"我交了好运气,我交了好运气,我为幸福唱歌曲……"然后他就一遍一遍地唱,不让货郎的激情稍减。依我听来,他的技术不算精到,在关键的地方常出差错,但他的嗓子是相当不坏的,而且唱一个上午也听不出一点疲惫。太阳也不疲惫,把大树的影子缩小成一团,把疏忽大意的蚯蚓晒干在小路上,将近中午,我们又在祭坛东侧相遇,他看一看我,我看一看他,他往北去,我往南去。日子久了,我感到我们都有结识的愿望,但似乎都不知如何开口,于是互相注视一下终又都移开目光擦身而过,这样的次数一多,便更不知如何开口了。终于有一天——一个丝毫没有特点的日子,我们互相点了一下头。他说:"你好。"我说:"你好。"他说:"回去啦?"我说:"是,你呢?"他说:"我也该回去了。"我们都放慢脚步(其实我是放慢车速），想再多说几句，但仍然是不知从何说起，这样我们就都走过了对方，又都扭转身子面向对方。他说："那就再见吧。"我说："好，再见。"便互相笑笑各走各的路了。但是我们没有再见，那以后，园中再没了他的歌声，我才想到，那天他或许是有意与我道别的，也许他考上了哪家专业文工团或歌舞团了吧？真希望他如他歌里所唱的那样，交了好运气。

还有一些人，我还能想起一些常到这园子里来的人。有一个老头，算得一个真正的饮者；他在腰间挂一个扁瓷瓶，瓶里当然装满了酒，常来这园中消磨午后的时光。他在园中四处游逛，如果你不注意你会以为园中有好几个这样的老头，等你看过了他卓尔不群的饮酒情状，你就会相信这是个独一无二的老头。他的衣着过分随便，走路的姿态也不慎重，走上五六十米路便选定一处地方，一只脚踏在石凳上或土埂上或树墩上，解下腰间的酒瓶，解酒瓶的当儿眯起眼睛把一百八十度视角内的景物细细看一遭，然后以迅雷不及掩耳之势倒一大口酒入肚，把酒瓶摇一摇再挂向腰间，平心静气地想一会什么，便走下一个五六十米去。还有一个捕鸟的汉子，那岁月园中人少，鸟却多，他在西北角的树丛中拉一张网，鸟撞在上面，羽毛戗在网眼里便不能自拔。他单等一种过去很多而现在非常罕见的鸟，其他的鸟撞在网上他就把它们摘下来放掉，他说已经有好多年没等到那种罕见的鸟，他说他再等一年看看到底还有没有那种鸟，结果他又等了好多年。早

第五章
你是我生命中无法被轻易替代的存在

晨和傍晚，在这园子里可以看见一个中年女工程师；早晨她从北向南穿过这园子去上班，傍晚她从南向北穿过这园子回家。事实上我并不了解她的职业或者学历，但我以为她必是学理工的知识分子，别样的人很难有她那般的素朴并优雅。当她在园子穿行的时刻，四周的树林也仿佛更加幽静，清淡的日光中竟似有悠远的琴声，比如说是那曲《献给艾丽丝》才好。我没有见过她的丈夫，没有见过那个幸运男人是什么样子，我想象过却想象不出，后来忽然懂了想象不出才好，那个男人最好不要出现。她走出北门回家去。我竟有点担心，担心她会落入厨房，不过，也许她在厨房里劳作的情景更有另外的美吧，当然不能再是《献给艾丽丝》，是个什么曲子呢？还有一个人，是我的朋友，他是个最有天赋的长跑家，但他被埋没了。他因为在"文革"中出言不慎而坐了几年牢，出来后好不容易找了个拉板车的工作，样样待遇都不能与别人平等，苦闷极了便练习长跑。那时他总来这园子里跑，我用手表为他计时。他每跑一圈向我招下手，我就记下一个时间。每次他要环绕这园子跑二十圈，大约两万米。他盼望以他的长跑成绩来获得政治上真正的解放，他以为记者的镜头和文字可以帮他做到这一点。第一年他在春节环城赛上跑了第十五名，他看见前十名的照片都挂在了长安街的新闻橱窗里，于是有了信心。第二年他跑了第四名，可是新闻橱窗里只挂了前三名的照片，他没灰心。第三年他跑了第七名、橱窗里挂前六名的照片，他有点怨自己。第四年他跑了第三名，橱窗里却只挂了第一名的照片。第五年他跑了第一名——他几乎绝望了，橱窗里只有一幅环城赛群众场面的照片。那些年我们俩常一起在这园子里呆到天黑，开怀痛骂，骂完沉默着回家，分手时再互相叮嘱：先别去死，再试着活一活看。现在他已经不跑了，年岁太大了，跑不了那么快了。最后一次参加环城赛，他以三十八岁之龄又得了第一名并破了纪录，有一位专业队的教练对他说："我要是十年前发现你就好了。"他苦笑一下什么也没说，只在傍晚又来这园中找到我，把这事平静地向我叙说一遍。不见他已有好几年了，现在他和妻子和儿子住在很远的地方。

　　这些人现在都不到园子里来了，园子里差不多完全换了一批新人。十五年前的旧人，现在就剩我和那对老夫老妻了。有那么一段时间，这老夫老妻中的一个也忽然不来，薄暮时分唯男人独自来散步，步态也明显迟缓了许多，我悬心了很久，怕是那女人出了什么事。幸好过了一个冬天那女人又来了，两个人仍是逆时针绕着园子走，一长一短两个身影恰似钟表的两支指针；女人的头发白了许多，但依旧攀着丈夫的胳膊走得像个孩子。"攀"这个字用得不恰当了，或许可以用"搀"吧，不知有没有兼具这两个意思的字。

第五章
你是我生命中无法被轻易替代的存在

七

要是有些事我没说,地坛,你别以为是我忘了,我什么也没忘,但是有些事只适合收藏。不能说,也不能想,却又不能忘。它们不能变成语言,它们无法变成语言,一旦变成语言就不再是它们了。它们是一片朦胧的温馨与寂寥,是一片成熟的希望与绝望,它们的领地只有两处:心与坟墓。比如说邮票,有些是用于寄信的,有些仅仅是为了收藏。

如今我摇着车在这园子里慢慢走,常常有一种感觉,觉得我一个人跑出来已经玩得太久了。有一天我整理我的旧相册,一张十几年前我在这园子里照的照片——那个年轻人坐在轮椅上,背后是一棵老柏树,再远处就是那座古祭坛。我便到园子里去找那棵树。我按着照片上的背景找很快就找到了它,按着照片上它枝干的形状找,肯定那就是它。但是它已经死了,而且在它身上缠绕着一条碗口粗的藤萝。我当然记得园工们种那棵藤萝时的情景,我却不记得是在什么时候它已经长到了碗口粗。有一天我在这园子里碰见一个老太太,她说:"哟,你还在这儿哪?"她问我:"你母亲还好吗?""您是谁?""你不记得我,我可记得你。有一回你母亲来这儿找你,她问我您看没看见一个摇轮椅的孩子?……"我忽然觉得,我一个人跑到这世界上来真是玩得太久了。有一天夜晚,我独自坐在祭坛边的路灯下看书,忽然从那漆黑的祭坛里传出一阵阵唢呐声;四周都是参天古树,方形祭坛占地几百平米空旷坦荡独对苍天，我看不见那个吹唢呐的人，唯唢呐声在星光寥寥的夜空里低吟高唱，时而悲怆时而欢快，时而缠绵时而苍凉，或许这几个词都不足以形容它，我清清醒醒地听出它响在过去，响在现在，响在未来，回旋飘转亘古不散。

必有一天，我会听见喊我回去。

那时您可以想象一个孩子，他玩累了可他还没玩够呢。心里好些新奇的念头甚至等不及到明天。也可以想象是一个老人，无可质疑地走向他的安息地，走得任劳任怨。还可以想象一对热恋中的情人，互相一次次说"我一刻也不想离开你"，又互相一次次说"时间已经不早了"，时间不早了可我一刻也不想离开你，一刻也不想离开你可时间毕竟是不早了。

我说不好我想不想回去。我说不好是想还是不想，还是无所谓。我说不好我是像那个孩子，还是像那个老人，还是像一个热恋中的情人。很可能是这样：我同时是他们三个。我来的时候是个孩子，他有那么多孩子气的念头所以才哭着喊着闹着要来，他一来一见到这个世界便立刻成了不要命的情人，而对一个情人来说，不管多么漫长的时光也是稍纵即逝，那时他便明白，每一步每一步，其实一步步都是走在回去的路上。当牵牛花初开的时节，葬礼的号角就已吹响。

但是太阳，他每时每刻都是夕阳也都是旭日。当他熄灭着走下山去收尽苍凉残照之际，正是他在另一面燃烧着爬上山巅布散烈朝辉之时。有一天,我也将沉静着走下山去,扶着我的拐杖。那一天,在某一处山洼里,势必会跑上来一个欢蹦的孩子,抱着他的玩具。

当然,那不是我。

但是,那不是我吗?

宇宙以其不息的欲望将一个歌舞炼为永恒。这欲望有怎样一个人间的姓名,大可忽略不计。

选自《我与地坛》第三、四、七节

敬悼许地山先生 / 老舍

地山是我的最好的朋友。以他的对种种学问好知喜问的态度，以他的对生活各方面感到的趣味，以他的对朋友的提携辅导的热诚，以他的对金钱利益的淡薄，他绝不像个短寿的人。每逢当我看见他的笑脸，握住他的柔软而戴着一个翡翠戒指的手，或听到他滔滔不断地讲说学问或故事的时候，我总会感到他必能活到八九十岁，而且相信若活到八九十岁，他必定还能像年轻的时候那样有说有笑，还能那样说干什么就干什么，永不驳回朋友的要求，或给朋友一点难堪。

地山竟自会死了——才将快到五十的边儿上吧。

他是我的好友。可是，我对于他的身世知道的并不十分详细。不错，他确是告诉过我许多关于他自己的事情；可是，大部分都被我忘掉了。一来是我的记性不好；二来是当我初次看见他的时候，我就觉得"这是个朋友"，不必细问他什么；即使他原来是个强盗,我也只看他可爱;我只知道面前是个可爱的人,就是一点也不晓得他的历史,也没有任何关系!况且,我还深信他会活到八九十岁呢。让他讲那些有趣的故事吧,让他说些对种种学术的心得与研究方法吧;至于他自己的历史,忙什么呢?等他老年的时候再说给我听,也还不迟啊!

可是,他已经死了!

我知道他是福建人。他的父亲做过台湾的知府——说不定他就生在台湾。他有一位舅父,是个很有才而后来作了不十分规矩的和尚的。由这位舅父,他大概自幼就接近了佛说,读过不少的佛经。还许因为这位舅父的关系,他曾在仰光一带住过,给了他不少后来写小说的资料。他的妻早已死去,留下一个小女孩。他手上的翡翠戒指就是为纪念他的亡妻的。从英国回到北平,他续了弦。这位太太姓周,我曾在北平和青岛见到过。

以上这一点:事实恐怕还有说得不十分正确的地方,我的记性实在太坏了!记得我到牛津去访他的时候,他告诉了我为什么老戴着那个翡翠戒指;同时,他说了许许多多关于他的舅父的事。是的,清清楚楚的我记得他由述说这位舅父而谈到禅宗的长短,因为他老人家便是禅宗的和尚。可是,除了这一点,我把好些极有趣的事全忘得一干二净;后悔没把它们都笔记下来!

我认识地山,是在二十年前了。那时候,我的工作不多,所以常到一个教会去帮忙,做些"社会服务"的事情。地山不但常到那里去，而且有时候住在那里，因此我认识了他。我呢，只是个中学毕业生，什么学识也没有。可是地山在那时候已经在燕大毕业而留校教书，大家都说他是个很有学问的青年。初一认识他，我几乎不敢希望能与他为友，他是有学问的人哪！可是，他有学问而没有架子，他爱说笑话，村的雅的都有；他同我去吃八个铜板十只的水饺，一边吃一边说，不一定说什么，但总说得有趣。我不再怕他了。虽然不晓得他有多大的学问，可是的确知道他是个极天真可爱的人了。一来二去，我试着步去问他一些书本上的事；我生怕他不肯告诉我，因为我知道有些学者是有这样脾气的：他可以和你交往，不管你是怎样的人；但是一提到学问，他就不肯开口了；不是他不肯把学问白白送给人，便是不屑于与一个没学问的人谈学问——他的神态表示出来，跟你来往已是降格相从，至于学问之事，哈哈……但是，地山绝对不是这样的人。他愿意把他所知道的告诉人，正如同他愿给人讲故事。他不因为我向他请教而轻视我，而且也并不板起面孔表示他有学问。和谈笑话似的，他知道什么便告诉我什么，没有矜持，没有厌倦，教我佩服他的学识，而仍认他为好友。学问并没有毁坏了他的为人，像那些气焰千丈的"学者"那样，他对我如此，对别人也如此；在认识他的人中，我没有听到过背地里指摘他，说他不够个朋友的。

不错，朋友们也有时候背地里讲究他；谁能没有些毛病呢。

可是，地山的毛病只使朋友们又气又笑的那一种，绝无损于他的人格。他不爱写信。你给他十封信，他也未见得答复一次；偶尔回答你一封，也只是几个奇形怪状的字，写在一张随手拾来的破纸上。我管他的字叫作鸡爪体，真是难看。这也许是他不愿写信的原因之一吧？另一毛病是不守时刻。口头的或书面的通知，何时开会或何时集齐，对他绝不发生作用。只要他在图书馆中坐下，或和友人谈起来，就不用再希望他还能看看钟表。所以，你设若不亲自拉他去赴会就约，那就是你的过错；他是永远不记着时刻的。

一九二四年初秋，我到了伦敦，地山已先我数日来到。他是在美国得了硕士学位，再到牛津继续研究他的比较宗教学的；还未开学，所以先在伦敦住几天，我和他住在了一处。他正用一本中国小商店里用的粗纸账本写小说，那时节，我对文艺还没有发生什么兴趣，所以就没大注意他写的是哪一篇。几天的工夫，他带着我到城里城外玩耍，把伦敦看了一个大概。地山喜欢历史，对宗教有多年的研究，对古生物学有浓厚的兴趣。由他领着逛伦敦，是多么有趣、有益的事呢！同时，他绝对不是"月亮也是外国的好"的那种留学生。说真的，他有时候过火的厌恶外国人。因为要批判英国人，他甚至于连英国人有礼貌，守秩序，和什么喝汤不准出响声，都看成愚蠢可笑的事。因此，我一到伦敦，就借着他的眼睛看到那古城的许多宝物，也看到它那阴暗的一方面，而不至胡胡涂涂的断定伦敦的月亮比北平的好了。

不久，他到牛津去入学。暑假寒假中，他必到伦敦来玩几天。"玩"这个字，在这里，用得很妥当，又不很妥当。当他遇到朋友的时候，他就忘了自己：朋友们说怎样，他总不驳回。去到东伦敦买黄花木耳，大家做些中国饭吃？好！去逛动物园？好！玩扑克牌？好！他似乎永远没有忧郁，永远不会说"不"。不过，最好还是请他闲扯。据我所知道的，除各种宗教的研究而外，他还研究人学、民俗学、文学、考古学；他认识古代钱币，能鉴别古画，学过梵文与巴利文。请他闲扯，他就能——举个例说——由男女恋爱扯到中古的禁欲主义，再扯到原始时代的男女关系。他的故事多，书本上的佐证也丰富。他的话一会儿低降到贩夫走卒的俗野，一会儿高飞到学者的深刻高明。他谈一整天并无倦容，大家听一天也不感疲倦。

不过，你不要让他独自溜出去。他独自出去，不是到博物院，必是入图书馆。一进去，他就忘了出来。有一次，在上午八九点钟，我在东方学院的图书馆楼上发现了他。到吃午饭的时候，我去唤他，他不动。一直到下午五点，他才出来，还是因为图书馆已到关门的时间的原故。找到了我，他不住地喊"饿"，是啊，他已饿了十点钟。在这种时节，"玩"字是用不得的。

牛津不承认他的美国的硕士学位，所以他须花二年的时光再考硕士。他的论文是法华经的介绍，在预备这本论文的时候，他还写了一篇相当长的文章，在世界基督教大会上去宣读。这篇文章的内容是介绍道教。在一般的浮浅传教师心里，中国的佛教与道教不过是与非洲黑人或美洲红人所信的原始宗教差不多。地山这篇文章使他们闻所未闻，而且得到不少宗教学学者的称赞。

他得到牛津的硕士。假若他能继续住二年，他必能得到文学博士——最荣誉的学位。论文是不成问题的，他能于很短的期间预备好。但是，他必须再住二年；校规如此，不能变更。他没有住下去的钱，朋友们也不能帮助他。他只好以硕士为满意，而离开英国。

在他离英以前，我已试写小说。我没有一点自信心，而他又没工夫替我看看。我只能抓着机会给他朗读一两段。听过了几段，他说"可以，往下写吧！"这，增多了我的勇气。他的文艺意见，在那时候，仿佛是偏重于风格与情调；他自己的作品都多少有些传奇的气息，他所喜爱的作品也差不多都是浪漫派的。他的家世，他的在南洋的经验，他的旧文学的修养，他的喜研究学问而又不忍放弃文艺的态度，和他自己的生活方式，我想，大概都使他倾向着浪漫主义。

单说：他的生活方式吧。我不相信他有什么宗教的信仰，虽然他对宗教有深刻的研究，可是，我也不敢说宗教对他完全没有影响。他的言谈举止都像个诗人。假若把"诗人"按照世俗的解释从他的生活中发展起来，他就应当有很古怪奇特的行动与行为。但是，他并没作过什么怪事。他明明知道某某人对他不起，或是知道某某人的毛病，他仍然是一团和气，以朋友相待。他不会发脾气。在他的嘴里，有时候是乱扯一阵，可是他的私生活是很严肃的，他既是诗人，又是"俗"人。为了读书，他可以忘了吃饭。但一讲到吃饭，他却又不惜花钱。他并不孤高自赏。对于衣食住行他都有自己的主张，可是假若别人喜欢，他也不便固执己见。他能过很苦的日子。在我初认识他的几年中，他的饭食与衣服都是极简单朴俭。他结婚后，我到北平去看他，他的住屋衣服都相当讲究了。也许是为了家庭间的和美，他不便于坚持己见吧。虽然由破夏布褂子换为整齐的绫罗大衫，他的脱口而出的笑话与戏谑还完全是他，一点也没改。穿什么，吃什么，他仿佛都能随遇而安，无所不可。在这里和在其他的好多地方，他似乎受佛教的影响较基督教的为多，虽然他是在神学系毕业，而且也常去做礼拜。他像个禅宗的居士，而绝不能成为一个清教徒。

不但亲戚朋友能影响他，就是不相识而偶然接触的人也能临时的左右他。有一次，我在"家"里，他到伦敦城里去干些什么。日落时，他回来了，进门便笑，而且不住地摸他的刚刚刮过的脸。我莫名其妙。他又笑了一阵。"教理发匠挣去两镑多！"我吃了一惊。那时候，在伦敦理发普通是八个便士，理发带刮脸也不过是一个先令，"怎能花两镑多呢？"原来是理发匠问他什么，他便答应什么，于是用香油香水洗了头，电气刮了脸，还不得用两镑多么？他绝想不起那样打扮自己，但是理发匠的建议是不能驳回的！

自从他到香港大学任事，我们没有会过面，也没有通过信；我知道他不喜欢写信，所以也就不写给他。抗战后，为了香港"文协"分会的事，我不能不写信给他了，仍然没有回信。可是，我准知道，信虽没有，事情可是必定办了。果然，从分会的报告和友人的函件中，我晓得了他是极热心会务的一员。我不能希望他按时回答我的信，可是我深信他必对分会卖力气，他是个极随便而又极不随便的人，我知道。

我自己没有学问，不能妥切的道出地山在学术上的成就何如。我只知道，他极用功，读书很多，这就值得钦佩，值得效法。对文艺，我没有什么高明的见解，所以不敢批评地山的作品。但是我晓得，他向来没有争过稿费，或恶意的批评过谁。这一点，不但使他能在香港"文协"分会以老大哥的身份德望去推动会务，而且在全国文艺界的团结上也有重大的作用。

是的，地山的死是学术界文艺界的极重大的损失！至于谈到他与我私人的关系，我只有落泪了；他既是我的"师"，又是我的好友！

啊，地山！你记得给我开的那张"佛学入门必读书"的单子吗？你用功，也希望我用功；可是那张单子上的六十几部书，到如今我一部也没有读啊！

你记得给我打电报,叫我到济南车站去接周校长吗?多么有趣的电报啊!知道我不认识她,所以你教她穿了黑色旗袍,而电文是:"×日×时到站接黑衫女"!当我和妻接到黑衫女的时候,我们都笑得闭不上口啊。朋友,你托友好做一件事,都是那样有风趣啊!啊,昔日的趣事都变成今日的泪源。你怎可以死呢!

不能再往下写了……

第五章
你是我生命中无法被轻易替代的存在

猫 / 夏丏尊

白马湖新居落成,把家眷迁回故乡的后数日,妹就携了四岁的外甥女,由二十里外的夫家雇船来访。自从母亲死后,兄弟们各依了职业迁居外方,故居初则赁与别家,继则因兄弟间种种关系,不得不把先人有过辛苦历史的高大屋宇,售让给附近的暴发户,于是兄弟们回故乡的机会就少,而妹也已有六七年无归宁的处所了。这次相见,彼此既快乐又酸辛,小孩之中,竟有未曾见过姑母的。外甥女也当然不认得舅妗和表姊,虽经大人指导勉强称呼,总都是呆呆地相觑着。

新居在一个学校附近,背山临水,地位清静,只不过平屋四间。论其构造,连老屋的厨房还比不上,妹却极口表示满意:

"虽比不上老屋,总究是自己的房子,我家在本地已有许多年没有房子了!自从老屋卖去以后,我多少被人瞧不起!每次乘船行过老屋的面前,真是……"

妻见妹说时眼圈有点红了,就忙用话岔开:

"妹妹你看,我老了许多罢?你却总是这样后生。"

"三姊倒不老!——人总是要老的,大家小孩都已这样大了,他们大起来,就是我们在老起来。我们已六七年不见了呢。"

"快弄饭去罢!"我听了她们的对话,恐再牵入悲境,故意打断话头,使妻走开。

妹自幼从我学会了酒,能略饮几杯。兄妹且饮且谈,嫂也在旁羼着。话题由此及彼,一直谈到饭后,连续不断。每到妹和妻要谈到家事或婆媳小姑关系上去,我总立即设法打断,因为我是深知道妹在夫家的境遇的,很不愿再难得晤面的当初就引起悲怀。

忽然,天花板上起了嘈杂的鼠声。

"新造的房子,老鼠就这样多了吗?"妹惊讶了问。

"大概是近山的缘故罢。据说房子未造好就有了老鼠的。晚上更厉害,今夜你听,好象在打仗哩,你们那里怎样?"妻说。

"还好,我家有猫。——快要产小猫了,将来可捉一只来。"

"猫也大有好坏,坏的猫老鼠不捕,反要偷食,到处撒屎,还是不养好。"我正在寻觅轻松的话题,就顺了势讲到猫上去。

"猫也和人一样,有种子好不好的,我那里的猫是好种,不偷食,每朝把屎撒在盛灰的畚斗里。——你记得从前老四房里有一只好猫罢。我们那只猫,就是从老四房讨去的小猫。近来听说

第五章
你是我生命中无法被轻易替代的存在

老四房里已断了种了,——每年生一胎,附近养蚕的人家都来千求万恳地讨,据说讨去都不淘气的。现在又快要生小猫了。"

老四房里的那只猫向来有名。最初的老猫是曾祖在时就有了的。不知是那里得来的种子,白地小黄黑花斑,毛色很嫩,望上去象上等的狐皮"金银嵌"。善捉鼠,性质却柔驯得了不得。当我小的时候,常去抱来玩弄,听它念肚里佛,挖看它的眼睛,不啻是一个小伴侣。后来我由外面回家,每走到老四房去,有时还看见这小伴侣的子孙。曾也想讨一只小猫到家里去养,终难得逢到恰好有小猫的机会,自迁居他乡,十年来久不忆及了,不料现在种子未绝,妹家现在所养的,不知已是最初老猫的几世孙了。家道中落以来,田产室庐大半荡尽,而曾祖时代的猫尚间接地在妹家留着种子,这真是一种不可思议的缘,值得叫人无限感兴的了。

"哦!就是那只猫的种子!好的,将来就给我们一只。那只猫的种子是近地有名的。花纹还没有变吗?"

"你喜欢哪一种?——大约一胎多则三只,少则两只,其中大概有一只是金银嵌的,有一二只是白中带黑斑的,每年都是如此。"

"那自然是金银嵌的啰。"我脑中不禁浮出孩时小伴侣的印象来。更联想到那如云的往事,为之茫然。

妻和妹之间,猫的谈话,仍被继续着,儿女中大些的张了眼听,最小的阿满摇着妻的膝问:"小猫几时会来?"我也靠在藤椅上吸着烟默然听她们。

"小猫的时候,要教会它才好。如果撒屎在地板上了,就捉到撒屎的地方,当着它的屎打,到碗中偷食吃的时候,就把碗摆在它的前面打,这样打了几次,它就不敢乱撒屎多偷食了。"

妹的猫教育论,引得大家都笑了。

次晨,妹说即须回去,约定过几天再来久留几日,临走的时候还说:

"昨晚上老鼠真吵得厉害,下次来时,替你们把猫捉来吧。"

妹去后,全家多了一个猫的话题。最性急的自然是小孩,他们常问"姑妈几时来",其实都是为猫而问,我虽每回答他们"自然会来的,性急什么?"而心里也对于那与我家一系有二十多年历史的猫,怀着迫切的期待,巴不得妹——猫快来。

妹的第二次来,在一个月以后,带来的只是赠送小孩的果物和若干种的花草苗种,并没有猫。说小猫前几天才出生,要一月后方可离母,此次生了三只,一只是金银嵌的,其余两只是黑白花和狸斑花的,讨的人家很多,已替我们把金银嵌的留定了。

猫的被送来已是妹第二次回去后半月光景的事,那时已过端午,我从学校回去,一进门,妻就和我说:

"妹妹今天差人把猫送来了,她有一封信在这里。说从回去以后就有些不适。大约是发寒热,不要紧的。"

我从妻手里接了信草草一看,同时就向室中四望:

"猫呢?"

"她们在弄它,阿吉,阿满,你们把猫抱来给爸爸看!"

立刻,听得柔弱的"尼亚尼亚"声,阿满从房中抱出猫来:

"会念佛的,一到就蹲在床下,妈说它是新娘子呢。"

我熟视着女儿手中的小猫说:

"还小呢,别去捉它,放在地上,过几天会熟的。当心碰见狗!"

阿满将猫放下。猫把背一耸就踉跄得向房里遁去。接着就从房内发出柔弱的"尼亚尼亚"的叫声。

"去看看它躲在甚么地方。"阿吉和阿满蹑着脚进房去。

"不要去捉它啊!"妻从后叮嘱她们。

猫确是金银嵌,虽然产毛未退,黄白还未十分夺目,尽足依约地唤起从前老四房里的小伴侣的印象。"尼亚尼亚"的叫声,和"咪咪"的呼唤声,在一家中引起了新气氛,在我心中却成了一个联想过去的媒介,想到儿时趣味,想到家况未中落时的光景。

与猫同来的,总以为不成问题的妹的病消息,一二日后竟由沉重而至于危笃,终于因恶性疟疾引起了流产,遗下未足月的女孩而弃去这世界了。

一家人参与丧事完毕从丧家回来,一进门就听到"尼亚尼亚"的猫声。

"这猫真不吉利,它是首先来报妹妹的死信的!"妻见了猫叹息着说。

猫正在檐前伸了小足爬搔着柱子,突然见我们来,就踉跄逃去,阿满赶到厨下把它捉来了,捧在手里:

"你还要逃,都是你不好!妈!快打!"

"畜牲晓得甚么?唉,真不吉利!"妻呆呆地望着猫这样说,忘记了自己的矛盾,倒弄得阿满把猫捧在手里瞪目茫然了。

"把它关在伙食间里,别放它出来!"我一边说一边懒懒地走入卧室睡去。我实在已怕看这猫了。

立时从伙食间里发出"尼亚尼亚"的悲鸣声和嘈杂的搔爬声来。努力想睡,总是睡不着。原想起来把猫重新放出,终于无心动弹,连向那就在房外的妻女叫一声"把猫放出"的心绪也没有,只让自己听着那连续的猫声,一味沉浸在悲哀里。

从此以后,这小小的猫在全家成了一个联想死者的媒介,特别地在我,这猫所暗示的新的悲哀的创伤,是用了家道中落等类的怅惘包裹着的。

伤逝的悲怀随着暑气一天一天地淡去,猫也一天一天地长大,从前被全家所诅咒的这不幸的猫,这时渐被全家宠爱珍惜起来了,当作了死者的纪念物。每餐给它吃鱼,归阿满饲它,晚上抱进房里，防恐被人偷了或是被野狗咬伤。

白玉也似的毛地上，黄黑斑错落得非常明显，当那蹲在草地上或跳掷在凤仙花丛里的时候，望去真是美丽。每当附近四邻或路过的人见了称赞说"好猫！"的时候，妻脸上就现出一种莫可言说的矜夸，好象是养着一个好儿子或是好女儿。特别地是阿满："这是我家的猫，是姑母送来的，姑母死了，只剩了这只猫了！"她当有人来称赞这猫的时候，不管那些人陌生与不陌生，总会睁圆了眼起劲地对他说明这些。

猫做了一家的宠儿了，每餐食桌旁总有它的位置，偶然偷了食或是乱撒了屎，虽然依妹的教育法是要就地罚打的，妻也总看妹面上宽恕过去。阿吉阿满一从学校里回来就用了带子逗它玩，或是捉迷藏似地在庭间追赶它。我也常于初秋的夕阳中坐在檐下对了这跳掷着的小动物作种种的遐想。

那是快近中秋的一个晚上的事：湖上邻居的几位朋友，晚饭后散步到了我家里，大家在月下闲话，阿满和猫在草地上追逐着玩。客去后，我和妻搬进几椅正要关门就寝，妻照例记起猫来：

"咪咪！"

"咪咪！"

"咪咪！"阿吉阿满也跟着唤。

可是却听不到猫的"尼亚尼亚"的回答。

"没有呢！哪里去了？阿满，不是你捉出来的吗？去寻来！"妻着急起来了。

"刚刚在天井里的。"阿满瞪了眼含糊地回答，一边哭了起来。

"还哭！都是你不好！夜了还捉出来做甚么呢？——咪咪！咪咪！"妻一边责骂阿满，一边嘎了声再唤。

"咪咪！咪咪！"我也不禁附和着唤。

可是仍听不到猫的"尼亚尼亚"的回答。

叫小孩睡好了，重新找寻，室内室外，东邻西舍，到处分头都寻遍，哪有猫的影儿？连方才谈天的几位朋友都过来帮着在月光下寻觅，也终于不见形影。一直闹到十二点多钟，月亮已照屋角为止。

"夜深了，把窗门暂时开着，等它自己回来吧！——偷是没有人偷的，或者被狗咬死了，但又不听见它叫。也许不至于此，今夜且让它去罢。"我宽慰着妻，关了大门，先入卧室去。在枕上还听到妻的"咪咪"的呼声。

猫终于不回来。从次日起，一家好象失了甚么似地，都觉到说不出的寂寥。小孩从放学回来也不如平日的高兴，特别地在我，于妻女所感得的以外，顿然失却了沉思过去种种悲欢往事的媒介物，觉得寂寥更甚。

第三日傍晚，我因寂寥不过了，独自在屋后山边散步，忽然在山脚田坑中发现猫的尸体。全身粘着水泥，软软地倒在坑里,毛贴着肉,身躯细了好些,项有血迹,似确是被狗或野兽咬毙了的。

"猫在这里!"我不自觉叫着说。

"在哪里?"妻和女孩先后跑来,见了猫都呆呆地几乎一时说不出话。

"可怜!一定是野狗咬死的。阿满,都是你不好!前晚你不捉它出来,哪里会死呢?下世去要成冤家啊!——唉!妹妹死了,连妹妹给我们的猫也死了。"妻说时声音呜咽了。

阿满哭了,阿吉也呆着不动。

"进去罢,死了也就算了,人都要死哩,别说猫!快叫人来把它葬了。"我催她们离开。

妻和女孩进去了。我向猫作了最后的一瞥,在昏黄中独自徘徊。日来已失去了联想媒介的无数往事,都回光返照似地一时强烈地齐现到心上来。

如果可以这样爱你 / 丁立梅

母亲坐在黄昏的阳台上,母亲的身影淹在一层夕照的金粉里,母亲在给我折叠晾干的衣裳。她是来我这里看病的,看手。她那双操劳一生的手,因患类风湿性关节炎,现已严重变形。

我站在她身后看她,我听到她间或地叹一口气。母亲在叹什么呢?我不得而知。待她发现我在她身后,她的脸上,立即现出谦卑的笑,梅啊,我有没有耽搁你做事?

自从来城里,母亲一直表现得惶恐不安,她觉得她是给我添麻烦了。处处小心着,生怕碰坏什么似的,对我家里的一切,她都心存了敬意,轻拿轻放,能不碰的,尽量不碰。我屡次跟她说,没关系的,这是你女儿家,你想做什么就做什么。母亲只是笑笑。

那日,母亲帮我收拾房间,无意中碰翻一只水晶花瓶。我

第五章
你是我生命中无法被轻易替代的存在

回家,母亲正守着一堆碎片独自垂泪,她自责地说,我老得不中用了,连打扫一下房间的事都做不好。我突然想起多年前,我还是个小小女孩时,打碎家里唯一值钱的东西——一只暖水瓶,我并不知害怕,告诉母亲,是风吹倒的。母亲把我上上下下检查了一遍,看我伤了没有,而后揪我的鼻子,说,还哄妈妈,哪里是风,是你这个小淘气。我笑了,母亲也笑了。现在,我真的想母亲这样告诉我,啊,是风吹倒的。而后我搂住她说,哪里是风,原来是妈妈这个小淘气。母亲却没有,尽管我一再安慰她没事的没事的,母亲还是为此自责了好些天。

送母亲去医院,排队等着看专家门诊。母亲显得很不安,不时问我一句,你要不要去上班?我告诉她,我请了假。母亲愈发不安了,说,你这么忙,我哪能耽搁你?我轻轻拥了母亲,我说,没关系的。母亲并未因此得到安慰,还是很不安,仿佛欠着我什么。

轮到母亲看病了,母亲反复问医生的一句话是,她的手会不会废掉。医生严肃地说,说不准啊。母亲就有些凄然,她望着她的那双手,喃喃自语,怎么办呢?出了医院,母亲跟我叹着气说,梅啊,妈妈的手废了,怕是以后不能再给你种瓜吃了。我从小就喜欢吃地里长的瓜啊果的,母亲每年,都会给我种许多。我无语。我真想母亲伸出手来,这样对我说,啊,妈妈病了，梅给我买好吃的。我小时病了，就是这样伸着手对着母亲的，我说，妈妈，梅病了，梅要吃好吃的。母亲就想尽办法给我做好吃的。有一次，母亲甚至卖了她珍爱的银耳环，给我买我想吃的鸭梨。

带母亲上街，给母亲买这个，母亲摇摇头，说不要。给母亲买那个，母亲又摇摇头，说不要。母亲是怕我花钱。我硬是给她买一套衣服，母亲宝贝似的捧着，感激地问，要很多钱吧？我想起小时候，我看中什么，总闹着母亲给我买，从不曾考虑过，母亲是否有钱，我要得那么心安理得。母亲现在，却把我的给予，当作是恩赐。

街边一家商场在搞促销，搭了台子又唱又跳的，我站着看了会儿。一回头，不见了母亲。我慌了，大字不识一个的母亲，如果离开我，她将怎样的惶恐？我不住地叫着妈，却见母亲站在不远处的一棵梧桐树下，正东张西望着。看见我，她一脸惭愧，说，妈眼神不好，怎么就找不到你了，你不会怪妈妈吧？突然有泪想落，多年前的场景，一下子晃到眼前来，那时我不过四五岁，跟母亲上街，因为贪玩，跑丢了。当母亲一头大汗找到我时，我扑到她怀里委屈得大哭。母亲搂着我，不住嘴地说，妈不好，妈不好。而现在，我的母亲，当我把她"丢"了后，她没有一丁点委屈，有的，依然是自责。

我上前牵了母亲的手，像多年前，她牵着我的手一样，我不会再松开母亲的手。大街如潮的人群里，我们只是一对很寻常的母女。如果可以这样爱你，妈妈，让我做一回母亲，你做女儿，让我的付出天经地义，而你，可以坦然地接受。

纪念志摩去世四周年 / 林徽因

今天是你走脱这世界的四周年！朋友，我们这次拿什么来纪念你？前两次的用香花感伤的围上你的照片，抑住嗓子底下叹息和悲哽，朋友和朋友无聊的对望着，完成一种纪念的形式，俨然是愚蠢的失败。因为那时那种近于伤感，而又不够宗教庄严的举动，除却点明了你和我们中间的距离，生和死的间隔外，实在没有别的成效；几乎完全不能达到任何真实纪念的意义。

去年今日我意外的由浙南路过你的家乡，在昏沉的夜色里我独立火车门外，凝望着那幽黯的站台，默默的回忆许多不相连续的过往残片，直到生和死间居然幻成一片模糊，人生和火车似的蜿蜒一串疑问在苍茫间奔驰。我想起你的：

火车擒住轨，在黑夜里奔
过山，过水，过……

第五章
你是我生命中无法被轻易替代的存在

如果那时候我的眼泪曾不自主的溢出睫外,我知道你定会原谅我的。你应当相信我不会向悲哀投降,什么时候我都相信倔强的忠于生的,即使人生如你底下所说:

就凭那精窄的两道,算是轨,
驮着这份重,梦一般的累坠!

就在那时候我记得火车慢慢的由站台拖出,一程一程的前进,我也随着酸怆的诗意,那"车的呻吟""过荒野,过池塘,……过噤口的村庄"。到了第二站——我的一半家乡。

今年又轮到今天这一个日子!世界仍旧一团糟,多少地方是黑云布满着粗筋络望理想的反面猛进,我并不在瞎说,当我写:

信仰只一细炷香,
那点子亮再经不起西风
沙沙的隔着梧桐树吹

朋友,你自己说,如果是你现在坐在我这位子上,迎着这一窗太阳:眼看着菊花影在墙上描画作态;手臂下倚着两叠今早的报纸;耳朵里不时隐隐的听着朝阳门外"打靶"的枪弹声;意识的，潜意识的，要明白这生和死的谜，你又该写成怎样一首诗来，纪念一个死别的朋友？

此时，我却是完全的一个糊涂！习惯上我说，每桩事都像是造物的意旨，归根都是运命，但我明知道每桩事都有我们自己的影子在里面烙印着！我也知道每一个日子是多少机缘巧合凑拢来拼成的图案，但我也疑问其间的排布谁是主宰。

据我看来：死是悲剧的一章，生则更是一场悲剧的主干！我们这一群剧中的角色自身性格与性格矛盾；理智与情感两不相容；理想与现实当面冲突，侧面或反面激成悲哀。日子一天一天向前转，昨日和昨日堆垒起来混成一片不可避脱的背景，做成我们周遭的墙壁或气氛，那么结实又那么飘渺，使我们每一个人站在每一天的每一个时候里都是那么主要，又是那么渺小无能为！

此刻我几乎找不出一句话来说，因为，真的，我只是个完全的糊涂；感到生和死一样的不可解，不可懂。

但是我却要告诉你，虽然四年了你脱离去我们这共同活动的世界，本身停掉参加牵引事体变迁的主力，可是谁也不能否认，你仍立在我们烟涛渺茫的背景里，间接的是一种力量，尤其是在文艺创造的努力和信仰方面。间接的你任凭自然的音韵、颜色，不时的风轻月白，人的无定律的一切情感，悠断悠续的仍然在我们中间继续着生，仍然与我们共同交织着这生的纠纷，继续着生的理想。

第五章
你是我生命中无法被轻易替代的存在

你并不离我们太远。你的身影永远挂在这里那里,同你生前一样的飘忽,爱在人家不经意时茌止,带来勇气的笑声也总是那么嘹亮,还有,还有经过你热情或焦心苦吟的那些诗,一首一首仍串着许多人的心旋转。

说到你的诗,朋友,我正要正经的同你再说一些话。你不要不耐烦,这话迟早我们总要说清的。

人说盖棺论定,前者早已成了事实,这后者在这四年中,说来叫人难受,我还未曾读到一篇中肯或诚实的论评,虽然对你的赞美和攻讦由你去世后一两周间,就纷纷开始了。

但是他们每人手里拿的都不像纯文艺的天平;有的喜欢你的为人;有的疑问你私人的道德;有的单单尊崇你诗中所表现的思想哲学,有的仅喜爱那些软弱的细致的句子,有的每发议论必须牵涉到你的个人生活之合乎规矩方圆,或断言你是轻薄,或引证你是浮奢豪侈!

朋友,我知道你从不介意过这些,许多人的浅陋老实或刻薄处你早就领略过一堆,你不止未曾生过气,并且常常表示怜悯同原谅;你的心情永远是那么洁净;头老抬得那么高;胸中老是那么完整的诚挚;臂上老有那么许多不折不挠的勇气。

但是现在的情形与以前却稍稍不同,你自己既已不在这里,做你朋友的,眼看着你被误解,曲解,乃至于谩骂,有时真忍不住替你不平。

但你可别误会我心眼儿窄，把不相干的看成重要，我也知道误解曲解谩骂，都是不相干的，但是朋友，我们谁都需要有人了解我们的时候，真了解了我们，即使是痛下针砭，骂着了我们的弱处错处，那整个的我们却因而更增添了意义，一个作家文艺的总成绩更需要一种就文论文，就艺术论艺术的和平判断。

你在《猛虎集》"序"中说"世界上再没有比写诗更惨的事"，你却并未说明为什么写诗是一桩惨事，现在让我来个注脚好不好？

我看一个人一生为着一个愚诚的倾向，把所感受到的复杂的情绪尝味到的生活，放到自己的理想和信仰的锅炉里烧炼成几句悠扬铿锵的语言，（那怕是几声小唱），来满足他自己本能的艺术的冲动，这本来是个极寻常的事，那一个地方那一个时代，都不断有这种人。轮着做这种人的多半是为着他情感来得比寻常人浓富敏锐，而为着这情感而发生的冲动更是非实际的——或不全是实际的——追求。而需要那种艺术的满足而已。说起来写诗的人的动机多么简单可怜，正是如你序里所说"我们都是受支配的善良的生灵"！虽然有些诗人因为他们的成绩特别高厚旷阔包括了多数人，或整个时代的艺术和思想的冲动，从此便在人中间披上神秘的光圈，使"诗人"两字无形中挂着崇高的色彩。这样使一般努力于用韵文表现或描画人在自然万物相交错的情绪思想的，便被人的成见看作夸大狂的旗帜，需要同时代人的极冷酷的讥讪和不信任来扑灭它，以挽救人类的尊严和健康。

我承认写诗是惨淡经营，孤立在人中挣扎的勾当，但是因为我知道太清楚了。你在这上面单纯的信仰和诚恳的尝试，为同业者奋斗，卫护他们情感的愚诚，称扬他们艺术的创造，自己从未曾求过虚荣，我觉得你始终是很逍遥舒畅的。

如你自己所说"满头血水"你"仍不曾低头"，你自己相信"一点性灵还在那里挣扎""还想在实际生活的重重压迫下透出一些声响来"。

简单地说，朋友，你这写诗的动机是坦白不由自主的，你写诗的态度是诚实，勇敢，而倔强的。这在讨论你诗的时候，谁都先得明了的。

至于你诗的技巧问题，艺术上的造诣，在这新书仍在彷徨歧路的尝试期间，谁也不能坚决地论断，不过有一桩事我很想提醒现在讨论新诗的人，新诗之由于无条件无形制宽泛到几乎没有一定的定义时代，转入这讨论外形内容，以至于音节韵脚章句意象组织等艺术技巧问题的时期，即是根据着对这方面努力尝试过的那一些诗，你的头两个诗集子就是供给这些讨论见解最多材料的根据。

外国的土话说"马总得放在马车的前面"，不是？没有一些尝试的成绩放在那里，理论家是不能老在那里发一堆空头支票的，不是？

你自己一向不止在那里倔强的尝试用功,你还曾用尽你所有活泼的热心鼓励别人尝试,鼓励"时代"起来尝试,——这种工作是最犯风头嫌疑的,也只有你胆子大头皮硬顶得下来!

我还记得你要印诗集子时我替你捏一把汗,老实说还替你在有文采的老前辈中间难为情过,我也记得我初听到人家找你办晨副时我的焦急,但你居然板起个脸抓起两把鼓锤子为文艺吹打开路乃至于扫地,铺鲜花,不顾旧势力的非难,新势力的怀疑,你干你的事"事在人为,做了再说"那股子劲,以后别处也还很少见。

现在你走了,这些事渐渐在人的记忆中模糊下来,你的诗和文也散漫在各小本集子里压在有极新鲜的封皮的新书后面,谁说起你来,不是麻麻糊糊的承认你是过去中一个势力,就是拿能够挑剔看轻你的诗为本事(散文人家很少提到,或许"散文家"没有诗人那么光荣不值得注意)朋友,这是没法子的事,我却一点不为此灰心,因为我有我的信仰。

我认为我们这写诗的动机既如前边所说那么简单愚诚;因在某一时,或某一刻敏锐的接触到生活上的锋芒,或偶然的触遇到理想峰巅上云彩星霞,不由得不在我们所习惯的语言中,编缀出一两串近于音乐的句子来,慰藉自己,解放自己,去追求超实际的真美,读诗者的反应一定有一大半也和我们这写诗的一样诚实天真,仅想在我们句子中间由音乐性的愉悦,接触到一些生活的底蕴渗合着美丽的憧憬；把我们的情绪给他们的情绪搭起一座浮桥，把我们的灵感，给他们生活添些新鲜；把我们的痛苦伤心再揉成他们自己忧郁的安慰！

我们的作品会不会再长存下去，也就看它们会不会活在那一些我们从不认识的人，我们作品的读者，散在各时，各处互相不认识的孤单的人的心里的，这种事它自己有自己的定律，并不需要我们的关心的。你的诗据我所知道的，它们仍旧在这里浮沉流落，你的影子也就浓淡参差的系在那些诗句中，另一端印在许多不相识人的心里。朋友，你不要过于看轻这种间接的生存，许多热情的人他们会为着你的存在，而加增了生的意识的。伤心的仅是那些你最亲热的朋友们和同兴趣的努力者，你不在他们中间的事实，将要永远是个不能填补的空虚。

你走后大家就提议要为你设立一个"志摩奖金"来继续你鼓励人家努力诗文的素志，勉强象征你那种对于文艺创造拥护的热心，使不及认得你的青年人永远对你保存着亲热。如果这事你不觉到太寒伧不够热气，我希望你原谅你这些朋友们的苦心，在冥冥之中笑着给我们勇气来做这一些蠢诚的事吧。

二十四年十一月十九日北平

第六章
与其期待四方,不如珍惜眼前

生病也是生活体验之一种,甚或算得一项别开生面的游历。

发烧了,才知道不发烧的日子多么清爽。

咳嗽了,才体会不咳嗽的嗓子多么安详。

刚坐上轮椅时,我老想,不能直立行走岂非把人的特点搞丢了?

等到又生出褥疮,一连数日只能歪七扭八地躺着,才看见端坐的日子其实多么晴朗。

终于醒悟:其实每时每刻我们都是幸运的,因为任何灾难的前面都可能再加一个"更"字。

病隙碎笔 /史铁生（节选）

一

所谓命运，就是说，这一出"人间戏剧"需要各种各样的角色，你只能是其中之一，不可以随意调换。

写过剧本的人知道，要让一出戏剧吸引人，必要有矛盾，有人物间的冲突。矛盾和冲突的前提，是人物的性格、境遇各异，乃至天壤之异。上帝深谙此理，所以"人间戏剧"精彩纷呈。

写剧本的时候明白，之后常常糊涂，常会说："我怎么这么倒霉！"其实谁也有"我怎么这么走运"的时候，只是这样的时候不嫌多，所以也忘得快。但是，若非"我怎么这么"和"我怎么那么"，我就是我了吗？我就是我。我是一种限制。比如我现在要去法国看"世界杯"，一般来说是坐飞机去，但那架飞机上天之后要是忽然不听话，发动机或起落架谋反，我

第六章
与其期待四方，不如珍惜眼前

也没办法再跳上另一架飞机了，一切只好看命运的安排，看那一幕戏剧中有没有飞机坠毁的情节，有的话，多么美妙的足球也只好由别人去看。

二

把身体比作一架飞机，要是两条腿（起落架）和两个肾（发动机）一起失灵，这故障不能算小，料必机长就会走出来，请大家留些遗言。

躺在"透析室"的病床上，看鲜红的血在"透析器"里汩汩地走——从我的身体里出来，再回到我的身体里去，那时，我常仿佛听见飞机在天上挣扎的声音，猜想上帝的剧本里这一幕是如何编排。

有时候我设想我的墓志铭，并不是说我多么喜欢那路东西，只是想，如果要的话最好要什么？要的话，最好由我自己来选择。我看好《再别康桥》中的一句：我轻轻地走，正如我轻轻地来。在徐志摩先生，那未必是指生死，但在我看来，那真是最好的对生死的态度，最恰当不过，用作墓志铭再好也没有。我轻轻地走，正如我轻轻地来，扫尽尘嚣。

但既然这样，又何必弄一块石头来作证？还是什么都不要吧，墓地、墓碑、花圈、挽联以及各种方式的追悼，什么都不要才好，让寂静，甚至让遗忘，去读那诗句。我希望"机长"

走到我面前时，我能镇静地把这样的遗言交给他。但也可能并不如愿，也可能"筛糠"。就算"筛糠"吧，讲好的遗言也不要再变。

三

有一回记者问到我的职业，我说是生病，业余写一点东西。这不是调侃，我这四十八年大约有一半时间用于生病，此病未去彼病又来，成群结队好像都相中我这身体是一处乐园。或许"铁生"二字暗合了某种意思，至今竟也不死。但按照某种说法，这样的不死其实是惩罚，原因是前世必没有太好的记录。我有时想过，可否据此也去做一回演讲，把今生的惩罚与前生的恶迹一样样对照着摆给——比如说，正在腐败着的官吏们去做警告？但想想也就作罢，料必他们也是无动于衷。

四

生病也是生活体验之一种，甚或算得一项别开生面的游历。这游历当然是有风险，但去大河上漂流就安全吗？不同的是，漂流可以事先做些准备，生病通常猝不及防；漂流是自觉的勇猛，生病是被迫的抵抗；漂流，成败都有一份光荣，生病却始终不便夸耀。不过，但凡游历总有酬报：异地他乡增长见识，名山大川陶冶性情，激流险阻锤炼意志，生病的经验是一步步懂得满足。发烧了，才知道不发烧的日子多么清爽。咳嗽了，

第六章
与其期待四方,不如珍惜眼前

才体会不咳嗽的嗓子多么安详。刚坐上轮椅时,我老想,不能直立行走岂非把人的特点搞丢了?便觉天昏地暗。等到又生出褥疮,一连数日只能歪七扭八地躺着,才看见端坐的日子其实多么晴朗。后来又患"尿毒症",经常昏昏然不能思想,就更加怀恋起往日时光。终于醒悟:其实每时每刻我们都是幸运的,因为任何灾难的前面都可能再加一个"更"字。

选自《病隙碎笔》第一章前四小节

最好的礼物 / 丁立梅

做梦,梦见外婆了,是最后走着时的样子。干瘦干瘦的。她知道我胳膊疼,在离我几步远的地方说,梅呀,婆婆来看你,你要多睡觉多休息呀。

我的外婆走了,在秋天。听到这个消息时,窗外正下着雨.我在品尝刚买回的月饼,草莓馅的,甜得醉人。我脑子里第一反应是,这个世上,少了一个疼我的人。

外婆生前,是最疼最疼我的。小时不管哪次去外婆家,贫穷的外婆从没让我空过手,总要想方设法变出点吃的来,炒蚕豆或炒花生,有时还会给我烙玉米饼。外婆的院门前,有很高的黄瓜架,上面挂满黄瓜,那些黄瓜,都是我的。外婆的枕下藏了钱,零碎的票子。四分钱一根冰棍,外婆常常瞒了舅舅们,偷偷塞给我一角钱,让我去买冰棍吃。

大学归来,外婆眯着眼瞅我,不住声地说,梅啊,你出息

第六章
与其期待四方,不如珍惜眼前

了。然后逢人便说,我家的梅是大学生呢。我成家后偶回乡下,矮小的外婆,已很老很老了,但仍远远地就能把我认出。她不错眼地看我,牵了我的手,叫我乖乖。看不见针线,却一针一线,给我的孩子做虎头鞋。自己没钱,却硬是省下5元钱,给我孩子做压岁钱。我说我老了。外婆伸出青筋盘结的手抚摸我,说,梅啊,你还是个嫩芽呢。在外婆眼里,我永远是那个扎着羊角辫的小丫头,稍有疼痛,便会对着她哭叫:婆婆,婆婆——

外婆最后的样子,像枚失了骨肉的核桃。核桃掉在土里,会冒出新芽来。我的外婆,埋入土里,会不会也获得重生?

我陷入冥想。过往的人和事,纷纷踏进脑海来。电脑里在放一首叫作《我是一棵冬天的树》的歌:"……我在这里等你,等成了一棵冬天的树,把对你思念开成了花朵,静静守候着你经过……"歌声有薄荷的味道,微微的甜,微微的痛。是白底子上,绣一朵红的花,永远艳丽在那里,却无法复活。过去的,只能成为过去。一切的经过,都是必然。

我想起青春年少时,坐我后排的那个大眼睛男生,在毕业的那年夏天,离别的校门口,我们越过许多人的头顶,遥遥相望。而后,一个向东,一个向西。秋天的时候,他从远方给我寄来一枚红叶,不落一字。出于女孩的矜持,我没回信。从此,便失了联系。几年前,同学聚会,却听说,他出车祸死了。

一个人说,早晚我们也会去的,唯有珍惜。

想想也是，除了珍惜，我们还能握住什么？月亮一日一日饱满，桂花飘香，爱人，孩子，平安，健康，这些俗世的温暖，多么多么让人牵挂！生命中，原是有很多不定数的，唯有每个醒来的早晨，才是上天给我们的最好礼物。

中年人的寂寞 / 夏丏尊

我已是一个中年的人。一到中年，就有许多不愉快的现象，眼睛昏花了，记忆力减退了，头发开始秃脱而且变白了，意兴，体力，什么都不如年青的时候，常不禁会感觉到难以名言的寂寞的情味。尤其觉得难堪的是知友的逐渐减少和疏远，缺乏交际上的温暖的慰藉。

不消说，相识的人数是随了年龄增加的，一个人年龄越大，走过的地方当过的职务越多，相识的人理该越增加了。可是相识的人并不就是朋友。我们和许多人相识，或是因了事务关系，或是因了偶然的机缘——如在别人请客的时候同席吃过饭之类。见面时点头或握手，有事时走访或通信，口头上彼此也称"朋友"，笔头上有时或称"仁兄"，诸如此类，其实只是一种社交上的客套，和"顿首""百拜"同是仪式的虚伪。这种交际可以说是社交，和真正的友谊相差似乎很远。

真正的朋友，恐怕要算"总角之交"或"竹马之交"了。在小学和中学的时代容易结成真实的友谊，那时彼此尚不感到生活的压迫，入世未深，打算计较的念头也少，朋友的结成全由于志趣相近或性情适合，差不多可以说是"无所为"的，性质比较地纯粹。二十岁以后结成的友谊，大概已不免搀有各种各样的颜色分子在内；至于三十岁四十岁以后的朋友中间，颜色分子愈多，友谊的真实成分也就不免因而愈少了。这并不一定是"人心不古"，实可以说是人生的悲剧。人到了成年以后，彼此都有生活的重担须负，入世既深，顾忌的方面也自然加多起来，在交际上不许你不计较，不许你不打算，结果彼此都"钩心斗角"，像七巧板似地只选定了某一方面和对方去接合。这样的接合当然是很不坚固的，尤其是现代这样什么都到了尖锐化的时代。

　　在我自己的交游中，最值得系念的老是一些少年时代以来的朋友。这些朋友本来数目就不多，有些住在远地，连相会的机会也不可多得。他们有的年龄大过了我，有的小我几岁，都是中年以上的人了，平日各人所走的方向不同。思想趣味境遇也都不免互异，大家晤谈起来，也常会遇到说不出的隔膜的情形。如大家话旧，旧事是彼此共喻的，而且大半都是少年时代的事，"旧游如梦"，把梦也似的过去的少年时代重提，因谈话的进行，同时会联想起许多当时的事情，许多当时的人的面影，这时好像自己仍回归到少年时代了。我常在这种时候感到一种快乐，同时也感到一种伤感,那情形好比老妇人突然在抽屉里或箱子里发见了她盛年时的影片。

逢到和旧友谈话,就不知不觉地把话题转到旧事上去,这是我的习惯。我在这上面无意识地会感到一种温暖的慰藉。可是这些旧友一年比一年减少了,本来只是屈指可数的几个,少去一个是无法弥补的。我每当听到一个旧友死去的消息,总要惆怅多时。

学校教育给我们的好处不但只是灌输知识,最大的好处恐怕还在给与我们求友的机会上。这好处我到了离学校以后才知道,这几年来更确切地体会到,深悔当时毫不自觉,马马虎虎地过去了。近来每日早晚在路上见到两两三三的携着书包、携了手或挽了肩膀走着的青年学生,我总艳羡他们有朋友之乐,暗暗地要在心中替他们祝福。

秋天的怀念 / 史铁生

双腿瘫痪后，我的脾气变得暴怒无常。望着望着天上北归的雁阵，我会突然把面前的玻璃砸碎；听着听着李谷一甜美的歌声，我会猛地把手边的东西摔向四周的墙壁。母亲就悄悄地躲出去，在我看不见的地方偷偷地听着我的动静。当一切恢复沉寂，她又悄悄地进来，眼边红红的，看着我。"听说北海的花儿都开了，我推着你去走走。"她总是这么说。母亲喜欢花，可自从我的腿瘫痪后，她侍弄的那些花都死了。"不，我不去！"我狠命地捶打这两条可恨的腿，喊着："我可活什么劲！"母亲扑过来抓住我的手，忍住哭声说："咱娘儿俩在一块儿，好好儿活，好好儿活……"

可我却一直都不知道，她的病已经到了那步田地。后来妹妹告诉我，她常常肝疼得整宿整宿翻来覆去地睡不了觉。

那天我又独自坐在屋里，看着窗外的树叶"唰唰啦啦"地飘落。母亲进来了,挡在窗前:"北海的菊花开了,我推着你去看看吧。"她憔悴的脸上现出央求般的神色。"什么时候?""你要是愿意,就明天?"她说。我的回答已经让她喜出望外了。"好吧,就明天。"我说。她高兴得一会坐下,一会站起:"那就赶紧准备准备。""唉呀,烦不烦?几步路,有什么好准备的!"她也笑了,坐在我身边,絮絮叨叨地说着:"看完菊花,咱们就去'仿膳',你小时候最爱吃那儿的豌豆黄儿。还记得那回我带你去北海吗?你偏说那杨树花是毛毛虫,跑着,一脚踩扁一个……"她忽然不说了。对于"跑"和"踩"一类的字眼儿,她比我还敏感。她又悄悄地出去了。

她出去了,就再也没回来。

邻居们把她抬上车时,她还在大口大口地吐着鲜血。我没想到她已经病成那样。看着三轮车远去,也绝没有想到那竟是永远的诀别。

邻居的小伙子背着我去看她的时候,她正艰难地呼吸着,像她那一生艰难的生活。别人告诉我,她昏迷前的最后一句话是:"我那个有病的儿子和我那个还未成年的女儿……"

又是秋天,妹妹推我去北海看了菊花。黄色的花淡雅,白色的花高洁,紫红色的花热烈而深沉,泼泼洒洒,秋风中正开得烂漫。我懂得母亲没有说完的话。妹妹也懂。我俩在一块儿,要好好儿活……

早老者的忏悔 / 夏丏尊

朋友间谈话，近来最多谈及的是关于身体的事。不管是三十岁的朋友，四十岁的朋友，都说身体应付不过各自的工作，自己照起镜子来，看到年龄以上的老态，彼此感慨万分。

我今年五十，在朋友中原比较老大，可是自己觉得体力减退已好多年了。三十五六岁以后，我就感到身体一年不如一年，工作起来不得劲，只是怏怏地勉强挨，几乎无时不觉得疲劳，什么都觉得厌倦。这情形一直到如今。十年以前，我还只四十岁，不知道我年龄的都说我是五十岁光景的人，近来居然有许多人叫我"老先生"。论年龄，五十岁的人应该还大有可为，古今中外，尽有活到了七十八十，元气很盛的。可是我却已经老了，而且早已老了。

因为身体不好，关心到一般体育上的事情，对于早年自己的学校生活，发见一个重大的罪过。现在的身体不好，可以说是当然的报应。这罪过是什么？就是看不起体操老师。

体操老师的被蔑视，似乎在现在也是普遍现象。这是有着历史关系的。我自己就是一个历史的人物。三十年前，中国初兴学校，学校制度不像现在的完整。我是弃了八股文进学校的，所进的学校先后有好几个，程度等于现在的中学。当时学生都是所谓"读书人"，童生秀才都有，年龄大的可三十岁，小的可十五六岁，我算是比较年青的一个。那时学校教育虽号称"德育智育体育并重"，可是学生所注重的是"智育"，学校所注重的也是"智育"，"德育"和"体育"只居附属的地位。在全校的教师之中，最被重视的是英文老师，次之是算学老师，格致（理化博物之总名）教师，最被蔑视的是修身老师，体操老师。大家把修身老师认作迂腐的道学家，把体操老师认作卖艺打拳的江湖家。修身教师大概是国文教师兼的。体操教师的薪水在教师中最低，往往不及英文教师的半数。

那时学校新设，各科教师都并无一定的资格，不像现在有大学或专门科毕业生。国文教师，历史教师，由秀才举人中挑选；英文教师大概向上海聘请，圣约翰书院（现在改称大学，当时也叫梵王渡）出身的曾大出过风头；算学、格致教师也都是把教会学校的未毕业生拉来充数；论起资格来，实在薄弱得很。尤其是体操教师，他们不是三个月或半年的速成科出身，就是曾经在任何学校住过几年的三脚猫。那时一面有学校，一面还有科举，大家把学校教育当作科举的准备。体操一科，对于科举是全然无关的，又不像现在学校的有竞技选手之类的名目，谁也不去加以注重。在体操时间，有的请假，有的立在草场上看教师玩把戏，自己敷衍了事。体操教师对于所教的功课似乎也并无何等的自信与理论，只是今日球类，明日棍棒，轮番着变换花样，想以趣味来维系人心，可是学生老不去睬他。

蔑视体操科，看不起体操教师，是那时的习惯。这习惯在我竟一直延长下去。我敢自己报告，我在以后近十年的学生生活中，不曾用心操过一次的体操，也不曾对于某一位体操教师抱过尊敬之念。换一句话说，我在学生时代不信"一二三四"等类的动作和习惯会有益于自己后来的健康。我只觉得"一二三四"等类的动作干燥无味。

朋友之中，有每日早晨在床上作二十分钟操的，有每日临睡操八段锦的，据说持久做会有效果，劝我也试试。他们的身体确比我好得多，我也已经从种种体验上知道运动的要义不在趣味而在继续持久，养成习惯。可是因为一向对于上面这些厌憎，终于立不住自己的决心，起不成头，一任身体一日不如一日。

我们所过的是都市的工商生活，房子是鸽笼，业务头绪纷烦，走路得刻刻留心，应酬上饮食容易过度，感官日夜不绝地受到刺激，睡眠是长年不足的，事业上的忧虑，生活上的烦闷，是没有一刻忘怀的。这样的生活当然会使人早老早死。除了捏锄头的农夫以外,却无法不营这样的生活,这是事实。积极的自救法,唯有补充体力,及早预备好了身体来。

"如果我在学生时代不那样蔑视体操科,对于体操教师不那样看他们不起,多少听受他们的教诲,也许……"我每当顾念自己的身体现状时,常这样暗暗叹息。

夕阳透入书房 / 冯骥才

我常常在黄昏时分,坐在书房里,享受夕照穿窗而入带来的那一种异样的神奇。

此刻,书房已经暗下来。到处堆放的是书籍文稿以及艺术品重重叠叠地浸没在阴影里。

暮时的阳光,已经失去了白日里的咄咄逼人,它变得很温和,很红,好像一种橘色的灯光,不管什么东西给它一照,全都分外的美丽。首先是窗台上那盆已经衰败的藤草,此刻像镀了金一样,蓬勃发光;跟着是书桌上的玻璃灯罩,亮闪闪的,仿佛打开了灯;然后,这一大片橙色的夕照带着窗棂和外边的树影,斑斑驳驳投射在东墙那边一排大书架上。有阴影的地方书皆晦暗,光照的地方连书脊上的文字也看得异常分明。《傅雷文集》的书名是烫金的,金灿灿放着光芒,好像在骄傲地说:"我可以永存。"

第六章
与其期待四方,不如珍惜眼前

怎样的事物才能真正地永存?阿房宫和华清池都已片瓦不留,李杜的名句和老庄的格言却一字不误地镌刻在每个华人的心里。世上绵延已久的还是非物质的——思想与精神。能够准确地记忆思想的只有文字。所以说,文字是我们的生命。

当夕阳移到我的桌面上,每件案头物品都变得妙不可言。一尊苏格拉底的小雕像隐在暗中,一束细细的光芒从一丛笔杆的缝隙中穿过,停在他的嘴唇之间,似乎想撬开他的嘴巴,听一听这位古希腊的哲人对如今这个混沌而荒谬的商品世界的醒世之言。但他口含夕阳,紧闭着嘴巴,一声不吭。

昨天的哲人只能解释昨天,今天的答案还得来自今人。这样说来,一声不吭的原来是我们自己。

放在桌上的一块四方的镇尺最是离奇。这个镇尺是朋友赠送给我的。它是一块纯净的无色玻璃,一条弯着尾巴的小银鱼被铸在玻璃中央。当阳光透入,玻璃非但没有反光,反而由于纯度过高而消失了,只有那银光闪闪的小鱼悬在空中,无所依傍。它瞪圆眼睛,似乎也感到了一种匪夷所思。

一只蚂蚁从阴影里爬出来,它走到桌面一块阳光前,迟疑不前,几次刚把脑袋伸进夕阳里,又赶紧缩回来。它究竟畏惧这奇异的光明,还是习惯了黑暗?黑暗总是给人一半恐惧,一半安全。人在黑暗外边感到恐惧,在黑暗里边反倒觉得安全。

夕阳的生命是有限的。它在天边一点点沉落下去,它的光却在我的书房里渐渐升高。短暂的夕照大概知道自己大限在即，它最后抛去人间的光芒最依恋也最夺目。此时，连我的书房的空气也是金红的。定睛细看，空气里浮动的尘埃竟然被它照亮。这些小得肉眼刚刚能看见的颗粒竟被夕阳照得极亮极美，它们在半空中自由、无声和缓缓地游弋着，好像徜徉在宇宙里的星辰。这是唯夕阳才能创造的景象——它能使最平凡的事物变得无比神奇。

　　在日落前的一瞬，夕阳残照已经挪到我书架最上边的一格。满室皆暗，只有书架上边无限明媚。那里摆着一只河北省白沟的泥公鸡。雪白的身子，彩色翅膀，特大的黑眼睛，威武又神气。这个北方著名的泥玩具之乡，至少有千年的历史，但如今这里已经变为日用小商品的集散地，昔日那些浑朴又迷人的泥狗泥鸡泥人全都了无踪影。可是此刻，这个幸存下来的泥公鸡，不知何故，对着行将熄灭的夕阳张嘴大叫。我的心已经听到它凄厉的哀鸣。这叫声似乎也感动了夕阳。一瞬间，高高站在书架上端的泥公鸡竟被这最后的阳光照耀得夺目和通红，好似燃烧了起来。

图书在版编目（CIP）数据

多想在平庸的生活拥抱你 / 冯骥才等著. —哈尔滨：哈尔滨出版社，2020.3
ISBN 978-7-5484-4975-1

Ⅰ. ①多… Ⅱ. ①冯… Ⅲ. ①散文集–中国–当代 Ⅳ. ①I267

中国版本图书馆CIP数据核字（2019）第269547号

书　　名：	多想在平庸的生活拥抱你
	DUO XIANG ZAI PINGYONG DE SHENGHUO YONGBAO NI
作　　者：	冯骥才 等著
责任编辑：	赵　芳　韩伟锋
责任审校：	李　战
装帧设计：	主语设计
出版发行：	哈尔滨出版社（Harbin Publishing House）
社　　址：	哈尔滨市松北区世坤路738号9号楼　邮编：150028
经　　销：	全国新华书店
印　　刷：	天津旭丰源印刷有限公司
网　　址：	www.hrbcbs.com　　www.mifengniao.com
E-mail：	hrbcbs@yeah.net
编辑版权热线：	（0451）87900271　87900272
销售热线：	（0451）87900202　87900203
邮购热线：	4006900345　（0451）87900256
开　　本：	880mm×1230mm　　1/32　　印张：8　　字数：160千字
版　　次：	2020年3月第1版
印　　次：	2020年3月第1次印刷
书　　号：	ISBN 978-7-5484-4975-1
定　　价：	45.00元

凡购本社图书发现印装错误，请与本社印制部联系调换。　服务热线：（0451）87900278